Adoptierte Herzen

AF215537

Juergen von Rehberg

Adoptierte Herzen

Die Concierge in der Rue Barberousse

Bibliografische Information der Deutschen National-bibliothek:
Die Deutsche Nationalbibliothek verzeichnet diese Publikation in der Deutschen Nationalbibliografie; detaillierte bibliografische Daten sind im Internet über http://dnb.dnb.de abrufbar.

© 2018 Juergen von Rehberg

Herstellung und Verlag: BoD – Books on Demand, Norderstedt

ISBN: *978-3-7460-9339-0*

Célestine Bonnet war vor ihrer Heirat bei der RATP, dem staatlichen Betreiber des öffentlichen Nahverkehrs in Paris, angestellt. Diese Stelle musste sie jedoch schon bald aufgeben, denn sie erwartete ein Kind.

Die Ehe war ein einziges Martyrium. Der schöne René, ein Taugenichts und Blender, hatte sie verführt und geschwängert. Als Zoe, Célestines Tochter, geboren war, dauerte es nicht lange, und der werte Gatte ging seine eigenen Wege.

Er kam regelmäßig betrunken nach Hause, umweht vom Geruch billigen Parfums, und er machte auch keinen Hehl daraus, dass er sich mit anderen Frauen vergnügte.

Seine Versuche mit Célestine zu schlafen, wehrte sie erfolgreich ab. Ein Gemisch aus Ekel und Verachtung ließen keine Nähe zu.

Die daraus erfolgten verbalen Erniedrigungen ertrug sie solange, bis Zoe ihr Abitur in der Tasche hatte und zu studieren begann.

Sie war 38 Jahre alt, als sie die Reißleine zog. Die Scheidung verlief unproblematisch. René stellte keinerlei Ansprüche, auch nicht in Bezug auf Zoe, zumal er zu keiner Zeit eine Beziehung zu seiner Tochter aufgebaut hatte.

Célestine versuchte bei ihrem alten Arbeitgeber wieder Fuß zu fassen, was jedoch misslang. Mit der Begründung, sie sei zulange aus dem Beruf gewesen, lehnte man ihre Bewerbung ab.

Weitere Versuche eine Arbeitsstelle zu bekommen mündeten irgendwann in gelegentliche, schlecht bezahlte Putz-Jobs. Das ging solange, bis ihr der Zufall zu Hilfe kam.

Zoe hatte an der Universität Kontakt zu Professor Moreau aufgenommen, wenige Wochen bevor die Semesterferien begonnen hatten. Ein von ihm platzierter Aushang wies auf eine freie Stelle als Concierge hin.

Zoe sprach den Professor darauf an und bat ihn zu vermitteln. Die Art, wie die junge Studentin ihre Mutter als perfekte Concierge anpries, berührte den Professor, und als Zoe ihm dann noch ein Bild ihrer Mutter auf ihrem Smartphone zeigte, versprach er Zoe bei dem Verwalter des betreffenden Objekts ein gutes Wort einzulegen.

Und schon wenige Tage später bekam Célestine eine schriftliche Einladung, sie möge bei dem Verwalter vorsprechen.

Célestine, die von ihrer Tochter völlig überrumpelt worden war, ging zu dem Vorstellungsgespräch, und zu ihrem größten Erstaunen bekam sie die Zusage.

Zoe hatte nämlich zuvor mit keiner Silbe bei ihrer Mutter erwähnt, dass sie dem Professor eine mündliche Bewerbung für die Stelle als Concierge abgegeben hatte.

„Das ist etwas Festes, und die Bezahlung ist sehr gut."

Mit dieser Bemerkung versuchte Zoe ihrer Mutter die potentielle Erwerbsquelle schmackhaft zu machen. Und Célestine erwiderte:

„Ich weiß gar nicht, was ich da machen muss, und ob ich überhaupt dafür geeignet bin?"

„Das wirst du dann schon sehen", antwortete Zoe, und damit war die Diskussion für sie beendet.

Célestine liebte ihre Tochter über alles. Sie war der Sonnenschein in ihrem sonst eher tristen Leben. Und obwohl der schöne René ein rechter Lump war, so war er doch Zoes Vater.

Célestine empfand auch keinerlei Hass gegen ihn. Im Gegenteil; sie wünschte ihm alles Glück dieser Erde, und sie war heilfroh, dass sie ihn los war.

Das Vorstellungsgespräch bei Monsieur Braissac, dem Verwalter des Hauses in der Rue Barberousse, verlief sehr harmonisch.

Er verlangte auch keinerlei Referenzen. Er erklärte ihr nur, was die Ausübung der Tätigkeit für Verpflichtungen mit sich brächte.

Was Célestine besonders gefiel, war die Tatsache, dass die Reinigungsarbeiten, sowohl innerhalb als auch außerhalb des Gebäudes, von einem Reinigungsdienst durchgeführt werden.

Und so kam es, dass Célestine Bonnet ab dem nächsten Ersten ihre Stelle als Concierge antrat. Nach einem längeren Gespräch mit Tochter Zoe, beschloss sie ihre bisherige Wohnung aufzugeben.

Zoe hatte ihr glaubhaft versichert, dass sie weiterhin in ihrer WG wohnen wollte, und dass sie keinerlei Interesse hege die Wohnung der Mutter zu übernehmen.

Die Conciergerie war überraschend geräumig und bot für eine Person genügend Platz. Eine kleine Küche, ein Bad und ein Wohn-Schlafzimmer genügten Célestine völlig.

Sie hatte sich ihr neues Zuhause schon sehr bald gemütlich eingerichtet und die Mieter des Hauses kamen ihr – bis auf eine Ausnahme – sehr freundlich entgegen.

Gleich am ersten Tag hatte sich Professor Moreau vorgestellt und ihr eine Bitte vorgetragen:

„Verehrte Madame Bonnet, mein Name ist Professor Moreau. Ich wohne mit meiner lieben Frau Claire im obersten Stock. Der Fahrstuhl fährt bis ganz hinauf. Ich möchte Sie bitten am frühen Abend bei uns vorbeizuschauen."

„Sehr gern, Herr Professor", antwortete Célestine, „und bitte nennen Sie mich Célestine."

„Wenn Sie das möchten, dann mache ich das auch", antwortete der Professor mit einem feinen Lächeln. Er wollte sich schon abwenden, als Célestine nachlegte:

„Und vielen Dank für Ihre Vermittlung, Herr Professor!"

„Da müssen Sie nicht mir danken", sagte der Professor, „das haben Sie Ihrer reizenden Tochter zu verdanken."

„Trotzdem vielen Dank", erwiderte Célestine, „ich werde heute Abend zu Ihnen hinaufkommen."

„Das freut mich, liebe Célestine", sagte der Professor, „dann bis heute Abend."

Als er in den Fahrstuhl stieg, ergriff ihn erneut ein feines Lächeln. Er wunderte sich, wie leicht ihm die Anrede „Célestine" über die Lippen gegangen war; war es doch sonst gar nicht so seine Art.

Es war gegen halb fünf Uhr abends, als Célestine an der Wohnungstür anläutete. Auf einem polierten Messingschild stand zu lesen: Professor Julien Moreau

Die Tür ging auf und Célestine begrüßte den Professor mit den Worten:

„Bin ich zu früh? Soll ich vielleicht später kommen?"

„Nein, nein", antwortete der Professor, *„kommen Sie nur herein."*

Célestine trat ein, und was ihr sofort auffiel, war die Größe der Wohnung und die großzügige Anordnung der Räume.

Der Professor führte Célestine in den Salon, wo sie Claire Moreau, die Ehefrau des Professors schon erwartete.

„Das ist meine Gattin Claire", stellte der Professor seine Ehefrau vor und zu ihr gewandt:

„Das ist Madame Bonnet."

„Célestine bitte", sagte Célestine, *„bitte, nennen Sie mich Célestine."*

Célestine war auf Madame Moreau zugegangen, welche ihr die Hand entgegenhielt.

Célestine ergriff die Hand und machte einen leichten Knicks.

Claire Moreau lächelte. Jetzt verstand sie, warum ihr Gatte so von der neuen Concierge geschwärmt hatte. Und im selben Augenblick geschah etwas Magisches.

Beide Frauen wurden von einer Welle der gegenseitigen Sympathie erfasst, was auch dem Professor nicht verborgen geblieben war.

„Jetzt setzen Sie sich erst einmal, meine Liebe", sagte Claire Moreau, *„und trinken Sie ein Glas Wein mit uns."*

Und noch bevor Célestine reagieren konnte, fragte Claire Moreau:

„Sie mögen doch Wein, oder?"

„Ja, Madame", antwortete Célestine etwas verunsichert, und ein leichtes Gefühl des Unbehagens beschlich sie. Die Gesellschaft von so feinen Herrschaften war ihr fremd und ungewohnt.

Claire Moreau hatte dies wohl bemerkt. Sie legte ihre Hand auf die Hand von Célestine und sah ihr liebevoll in die Augen.

„Sie müssen keine Scheu haben, liebes Kind. Es ist alles gut. Jetzt stoßen wir erst einmal an auf Ihre neue Tätigkeit und wünschen Ihnen, dass Sie sich wohlfühlen. Und wenn Sie ein Problem haben, dann kommen Sie zu uns. Wir haben ein sehr gutes Verhältnis zu unserem Verwalter, Monsieur Braissac."

„Vielen Dank, Madame!", sagte Célestine, während ihr Tränen in die Augen stiegen, denn sie fühlte, dass es diese Menschen wirklich gut mit ihr meinten.

Der Professor erhob sein Glas, und zusammen mit seiner Gattin stieß er auf das Wohl von Célestine an.

„Liebe Célestine, ich möchte Ihnen nun den Grund nennen, warum ich Sie zu uns heraufgebeten habe. Meine

liebe Gattin Claire ist krank und muss große Teile des Tages in ihrem Bett verbringen."

„*Das tut mir sehr leid, Monsieur"*, sagte Célestine und sie glaubte dem Blick des Herrn Professors entnehmen zu können, dass sie ihn unterbrochen hatte.

„*Ich hätte nun eine große Bitte an Sie. Würden Sie ab und zu nach meiner Gattin sehen? Ich würde Ihnen einen Wohnungsschlüssel geben und auch die Telefonnummer, unter welcher Sie mich in der Universität erreichen können. Ich würde Ihnen diese Extraarbeit natürlich auch honorieren."*

„*Das würde ich sehr gern tun, Herr Professor"*, antwortete Célestine, „*jedoch ohne Bezahlung. Sie haben mir so sehr mit Vermittlung der Stelle als Concierge geholfen; das ist Bezahlung genug."*

„*Aber nein, liebe Célestine"*, entgegnete der Professor, „*Sie wissen gar nicht, wie sehr Sie uns damit helfen, und außerdem können Sie ein paar Euro mehr sicher gut gebrauchen."*

„*Das mag wohl sein, Herr Professor"*, sagte Célestine, „*aber so bin ich von meiner Mutter nicht erzogen worden. Ich müsste mich schämen, würde ich für diese Gefälligkeit Geld nehmen."*

„*Sie überraschen mich, liebe Célestine"*, kamen die erstaunten Worte aus dem Mund des Professors, „*Sie sind eine bemerkenswerte, junge Frau."*

„*Und äußerst liebenswert"*, ergänzte Madame Moreau.

Célestine errötete. Sie schaute in das Gesicht von Madame Moreau, und sie fühlte sich stark zu dieser Frau hingezogen. Es hing vielleicht auch damit zusammen, dass ihre Mutter früh verstorben war, und dass sie mit ihrem Vater kein leichtes Auskommen hatte.

Das Schicksal war nicht immer gut zu Célestine gewesen; aber wer weiß, vielleicht würde ja jetzt alles anders werden.

*****

Célestine schaute mehrmals am Tag nach Madame Moreau. Am Anfang fühlte sich das komisch an, wenn sie mit dem ihr übereigneten Wohnungsschlüssel die Tür aufsperrte.

Gleich, nachdem sie die Tür hinter sich geschlossen hatte, rief sie laut nach Madame Moreau, um ihr ihre Anwesenheit zu künden.

Madame Moreau hatte ihr schon mehrmals bedeutet, dass dies nicht nötig wäre, zumal sie dadurch manchmal aus dem Schlaf aufschreckte.

Es dauerte eine ganze Weile, bis Célestine darauf verzichtete. Sie rief jetzt nurmehr leise den Namen, und wenn sie keine Antwort bekam, war dies ein Zeichen dafür, dass Madame wohl gerade in ihrem Schlafzimmer weilte.

Verbrachte Madame Moreau anfangs noch einige Stunden im Salon, so wurden diese immer weniger, und mit der Zeit verließ sie das Bett überhaupt nicht mehr.

Der Hausarzt der Familie, Doktor Soumache, sah zweimal in der Woche vorbei. Er meldete sich bei Célestine, die ihn dann mit ihrem Schlüssel in die Wohnung der Moreaus begleitete.

Seit Madame nicht mehr selbst imstande war zu kochen, hatte Célestine dies übernommen. Madame – selbst eine leidenschaftliche Köchin – schaute Célestine mit großer Freude dabei zu.

Das ging nur solange, bis sie das Bett nicht mehr verließ. Der Zustand von Madame verschlechterte sich zusehends und löste große Sorge bei dem Professor aus.

Er war nahe daran seine Professur an der Universität aufzugeben, wogegen Madame Moreau heftig opponierte.

„Du unterrichtest schön weiter deine Studenten", so ihre Worte, *„ich bin bei Célestine gut aufgehoben."*

Der Professor fügte sich willig, was ihm im Grunde genommen auch nicht wirklich unangenehm war. Er empfand die Gesellschaft von Célestine als äußerst angenehm und bereichernd für seine Gattin und auch sich selbst, und ein wenig fühlte es sich an, als wären sie eine kleine Familie.

Sie selbst hatten keine Kinder, und wenn manchmal Célestines Tochter Zoe vorbeischaute, dann war für den Professor das Glück vollkommen.

Célestine verbrachte sehr viel Zeit in der Wohnung der Moreaus, und ihre häufige Anwesenheit wurde mit der Zeit zu einer Selbstverständlichkeit.

Fragte sie anfangs noch, bevor sie irgendeinen anderen Raum betreten wollte, als den, in welchem sie sich gerade mit Madame befand, so hatte sie das schon längst abgelegt.

An manchen Abenden verließ Madame Moreau ihr Bett, um mit ihrem Gatten und Célestine ein paar kurze Stunden beisammen sein zu können.

Es war an einem jener Abende, als Madame sich an Célestine wandte, um ihr etwas mitzuteilen.

„Meine liebe Célestine, wir möchten mit Ihnen etwas besprechen."

Madame hatte ihre Hand auf die Hand von Célestine gelegt und sah ihr tief in die Augen.

„Aber ja, Madame", sagte Célestine und sah Madame Moreau mit einem freundlichen Lächeln an. Es war genau dieses Lächeln, welches Madame ebenso verzauberte wie auch ihren Gatten.

„Wir haben schon seit vielen Jahren ein Abonnement für die Oper", begann der Professor, nachdem ihm Madame zugenickt hatte.

„Seit meine liebe Frau sich der Strapaze eines Opernabends nicht mehr gewachsen fühlt, lassen wir das Abonnement ruhen."

„Und so haben wir beschlossen das Abonnement wiederaufleben zu lassen, und dass Sie meinen Mann in die Oper begleiten", fuhr nun Madame wieder fort.

Célestine erschrak. Das Blut stieg in ihren Kopf, und ihre Gedanken drehten sich im Kreis.

„Sie meinen, ich und der Herr Professor", begann Célestine, um sich sogleich zu korrigieren, *„ich meine der Herr Professor und ich…"*

Weiter kam sie nicht, denn Madame Moreau erlöste Célestine aus dem Wirrwarr ihrer Gedanken und ihrer Gefühle, indem sie sagte:

„Ja, mein Kind, das meine ich."

Es brauchte eine ganze Weile, bis Célestine mit der Situation umgehen konnte, welche gerade ihre kleine, überschaubare Welt aus den Angeln gehoben hatte.

Als sie ihre Fassung einigermaßen wiedergewonnen hatte, sah sie die beiden Menschen an, die sie schon lange Zeit in ihr Herz geschlossen hatte.

Es war der liebevolle Umgang, den der Professor und seine Gattin mit ihr pflegten. Sie hatten Célestine von Anfang an das Gefühl gegeben mehr als nur eine Concierge zu sein, wobei sie ihren Beruf keinesfalls als minderwertig empfand.

Diese Menschen begegneten Célestine auf Augenhöhe, und das, obwohl deren Intellekt weit über dem von Célestine stand. Das war wohl nur dadurch möglich, dass sie mit dem Herzen miteinander sprachen und nicht mit dem Verstand.

Besonders Madame Moreau brachte Célestine so viel Herzenswärme entgegen, wozu ein Mensch nur fähig sein konnte. Das bewirkte, dass nicht nur Célestine davon profitierte, sondern auch der Herr Professor.

Es war, als würde sich sein ganzes Wesen verändern. Aus dem gestrengen Mann der Geisteswissenschaften wurde ein gütiger, älterer Herr, dessen Gesichtszüge sich verändert zu haben schienen.

Hie und da ein kleines Lächeln, gelegentlich eine nette Geste oder auch schon einmal eine lustige Bemerkung. Alles, Attribute eines Charakters, für welche der Professor bisher keine Verwendung gefunden hatte.

Er war es auch, der Célestine dazu brachte zu lesen. Das erste Buch, das der Professor ihr in die Hand drückte, war „Der kleine Prinz" von Antoine de Saint-Exupéry.

Im Grunde genommen nur ein Kinderbuch; aber es ist dennoch viel mehr. Der Fuchs, der den kleinen Prinzen in das Geheimnis von Freundschaft und Liebe einweiht und der einzigartige Satz „Man sieht nur mit dem Herzen gut" berührten Célestine sehr.

Célestine fand Gefallen an der Welt der Literatur, und der Professor wurde nicht müde darin ihre Leselust zu fördern.

Es folgte „Madame Bovary" von Gustav Flaubert, eine Geschichte von Liebe und Leid. Diese beiden Faktoren bilden wohl die tragenden Pfeiler in der gesamten Literatur.

In diesem Erstlingswerk des Autors geht es um Emma, die Frau des Arztes Charles Bovary, die in einer Gier nach Leben in eine Kaufsucht verfällt, sich diversen Affären hingibt, und am Ende die Familie in den finanziellen Ruin treibt.

Auch dieses Buch verschlang Célestine mit großer Freude, und ihre Lust auf Lesen mutierte nach und nach förmlich zu einer Leidenschaft.

Es folgten „Der Glöckner von Notre-Dame" von Victor Hugo und weitere Werke französischer Weltliteratur.

Und als der Professor Célestine das Tor zur Lyrik aufstieß, ging Célestine willig hindurch. Die Gedichte von Yves Bonnefoy, dem „Zauberer des Wortes", wie er einmal genannt wurde, nahmen sie sofort gefangen.

Bonnefoy nannte die Poesie „die Erfahrung dessen, was die Wörter überschreitet", und Célestine empfand die Gedichte des Meisters ebenso.

Madame Moreau genoss es sehr, wenn Célestine ihr aus seinen Werken, wie „Die rote Wolke" oder „Das Wintermärchen" vorlas. Dazu tranken die beiden Frauen Tee, und gelegentlich auch schon einmal ein Gläschen Portwein.

„Nun? Was sagen Sie, Célestine?"

Der Professor holte Célestine wieder in die Wirklichkeit zurück.

„Das ist sehr großzügig, Herr Professor und auch sehr lieb", begann Célestine einen geordneten Rückzug aus einer Situation, in welcher sie sich auf das Unangenehmste gefangen fühlte, *„aber das geht auf gar keinen Fall."*

Célestine hatte all ihren Mut zusammennehmen müssen, um dies zu sagen. Sie wollte die beiden lieben Menschen nicht brüskieren, war sich jedoch vollkommen bewusst, dass sie weder das Format besaß sich in einem Opernhaus zu bewegen, geschweige denn im Besitz einer hierfür erforderlichen Garderobe zu sein.

Der Professor wollte gerade auf das Gesagte reagieren, als Madame Moreau ihre Hand auf seinen Arm legte.

„Mein liebes Kind", sagte sie dann zu der offenkundig völlig verwirrten Célestine, *„ich verstehe Ihre Bedenken durchaus."*

Célestine wollte sich schon einer erwachsenden Erleichterung hingeben, als Madame fortfuhr:

„Aber glauben Sie mir, Célestine, Ihre Bedenken sind völlig grundlos."

Célestine beschloss im selben Augenblick das auszusprechen, was sie zuvor nur gedanklich zum Ausdruck gebracht hatte.

„Ich weiß weder, wie man sich in einem solchen Haus bewegt, benimmt und wie man sich kleidet. Und außerdem habe ich überhaupt nichts Festliches anzuziehen."

Nun war es heraus. Célestine war sichtlich erleichtert, gleichwohl sie ein wenig erschrocken war, mit welcher Heftigkeit sie ihre Argumente vorgebracht hatte.

Der Professor und Madame sahen einander an und gaben sich einem feinen Lächeln hin. Célestine sah das, hatte jedoch keinesfalls das Gefühl ausgelacht zu werden.

Aus einem unerklärlichen Grund schloss sie sich dem Lächeln der beiden lieben Menschen an.

„Was die Garderobe angeht", sagte Madame Moreau, *„so stellt das ein nur allzu leicht lösbares Problem dar. Wir beide besuchen gleich morgen ein Modehaus und besorgen, was nötig ist. Und bevor Sie wieder opponieren, Célestine, nehmen Sie bitte zur Kenntnis, dass dies nicht nur ein von Herzen gegebenes Geschenk ist, sondern mein unabwendbarer Wille.*

Und was das Benehmen und Bewegen in einem solchen Haus betrifft, so seien Sie einfach nur Sie selbst. Bedenken Sie, dass wir Sie gerade deshalb so lieben, weil Sie sind, wie Sie sind."

Madame hatte bewusst die Bezeichnung „ein solches Haus" gewählt, wie auch schon Célestine zuvor. Die Wortwahl hatte ihr ein gewisses Amüsement bereitet.

Jetzt saß Célestine in der Falle. Sie schaute zuerst zu dem Professor, der seiner Gattin Kopf nickend zustimmte, und dann zu Madame.

Und plötzlich vollzog sich ein Wandel im Wesen der Concierge Célestine Bonnet. Sie begann an der Vorstellung, mit einem honorigen, stattlichen, älteren Herrn in die Oper zugehen, Gefallen zu finden.

Und dann hörte sie sich sagen:

„Wenn das wirklich Ihrer beider Wille ist, dann nehme ich das Geschenk gern an; vielen Dank, Madame und Monsieur!"

Die drei Menschen erhoben ein weiteres Mal ihre Gläser, prosteten einander zu und tranken darauf, dass sie sich wieder ein großes Stück näher gekommen waren…

*****

Der Besuch in einem noblen Modehaus war ein ganz besonderes Erlebnis für Célestine. Sie tauchte ein in eine Welt, welche sie bisher nur aus Betrachtungen vor dem Schaufenster kannte.

Dass dies nicht der erste Besuch von Madame war, zeigte sich in der sehr persönlichen Begrüßung durch Madame Bernadette, der Geschäftsführerin des Modehauses.

„Guten Tag, verehrte Madame Moreau", sagte Madame Bernadette in einem flötenhaften Ton, die mit offenen Armen auf Madam Moreau zugeeilt war.

„Wie schön, dass Sie unserem Haus wieder einmal die Ehre erweisen. Und heute sogar in charmanter Begleitung. Die Tochter, nehme ich an?"

Madam zögerte einen Augenblick, unterließ es aber dann auf die Frage zu antworten. Stattdessen sagte sie:

„Zeigen Sie uns, was Sie Schönes für meine liebe Célestine haben. Wir wollen demnächst zusammen in die Oper."

„Mit dem größten Vergnügen, Madame", antwortete Madame Bernadette und wies sogleich eine ihrer Mitarbeiterinnen an zwei Gläser Champagner zu holen.

Die beiden Damen setzten sich und dann wurden ihnen Kleider vorgeführt, eines schöner als das andere, und das Herz Célestines schlug mit jedem neuen Kleid ein Stück höher.

Was Célestine vor dem Besuch großes Kopfzerbrechen gemacht hatte, war plötzlich wie weggezaubert. Sie hatte befürchtet, sie würde sich im hohen Maße unwohl bei dieser Aktion fühlen.

Aber dem war nicht so. Eher das Gegenteil war eingetreten; Célestine genoss, was da gerade geschah, und Madame Moreau war sichtlich darüber erfreut.

Als der Kaufrausch vorüber war – denn um einen solchen handelte es sich zweifellos –, befand sich Célestine im Besitz von mehreren Kleidern, zwei Mänteln, mehreren Paar Schuhe und diversen Accessoires, die eine Dame nun einmal unbedingt benötigt.

„Wer soll das alles tragen?", fragte Célestine, als sie fertig waren. Madame Moreau lächelte und antwortete:

„Das wird nach Hause geliefert, meine liebe Célestine. Aber jetzt habe ich Hunger, jetzt gehen wir erst einmal etwas essen."

Madame Moreau fühlte sich so gut, wie schon lange nicht mehr. Ihr war, als würde mit Célestine eine Lebensfreude zurückkehren, die ihr vor langer Zeit abhandengekommen war, und von der sie noch nicht einmal wusste, wie das geschehen konnte.

Als Célestine mit Madame Moreau das Modehaus verlassen hatte, wandte sie sich ihr zu und fragte:

„Ich würde Sie so gern umarmen, Madame Moreau, wenn ich darf."

„Nur zu, meine liebste Célestine, und bitte nenne mich nicht Madame."

Célestine stutzte, sah Madame verunsichert an und fragte dann:

„Aber wie soll ich Sie denn dann nennen, Madame?"

Madame Moreau lächelte. Sie empfand in diesem Augenblick eine tiefe Dankbarkeit, dass ihr das Schicksal diese einfache und herzensgute Frau in ihr Leben geweht hatte.

„Claire, liebe Célestine, nenne mich einfach nur Claire."

Es war das erste Mal, dass Madame Moreau Célestine mit DU angeredet hatte, und Célestine gefiel es.

*****

Der Besuch in der Oper war ein unvergleichlich schönes Ereignis für Célestine.

Zur großen Überraschung aller, hatte sich der Gesundheitszustand von Claire wesentlich verbessert, während der Professor an einer starken Erkältung laborierte.

Und so kam es, dass nicht wie geplant der Professor mit Célestine die Oper besuchte, sondern Claire.

Der Aufführung ging ein kleines Dîner voraus, in dessen Verlauf Célestine zum ersten Mal in ihrem Leben Muscheln aß.

Zwar wollte Claire Moreau Célestine zu Austern und Chablis überreden; aber Célestine verweigerte sich. Dieses „schleimige Zeug", wie sie es bezeichnete, war nicht so „ihr Ding".

So blieb es bei überbackenen Jakobsmuscheln an einem kleinen, sehr feinen Salat. Célestine genoss das Essen sichtlich und Claire war einfach nur glücklich.

Bis zum Opernhaus waren es nur ein paar wenige Schritte. Claire hatte sich bei Célestine eingehakt. Sie sog die frische, kühle Abendluft tief in ihre Lungen ein.

„Freust du dich schon auf die Oper?", fragte sie Célestine.

„Ich weiß nicht so recht", antwortete Célestine, *„ich war ja noch nie in einer Oper."*

„Aber im Fernsehen wirst du vielleicht schon eine gesehen haben", sagte Claire.

In diesem Augenblick wurde Célestine bewusst, dass sie eigentlich gar nicht hierher gehörte. Es war ja doch eine völlig andere Welt. Sie wünschte sich, sie säße jetzt in ihrer Conciergerie und würde sich irgendeinen alten Film anschauen, anstatt in einem feinen Gewand in die Oper zu gehen.

Spätestens, als Célestine sich mit ihrer Antwort zurückhielt, erkannte Claire, dass sie einen Fauxpas begangen hatte.

„Bitte entschuldige, Célestine", sagte Claire, *„das war sehr unsensibel von mir. Es tut mir wirklich leid. Können wir das einfach vergessen?"*

„Ja, Madame", antwortete Célestine kleinlaut.

Der Eindruck des nicht dazu Gehörens verstärkte sich noch, als Célestine mit Claire die Loge betrat, welche ausschließlich dem Ehepaar Moreau zur Verfügung stand.

Célestine sah sich um, und als sie die vielen wohlgekleideten, mit teurem Schmuck behangenen Damen sah, welche sich in Begleitung ebenso fein gekleideter Herren befanden, nahm ihr Unbehagen zu.

Sie war froh, als die Lichter ausgingen, und sich der Vorhang hob. So sehr sich die Darsteller bemühten, Célestine konnte nicht wirklich Gefallen daran finden, zumal sie das Meiste an Gesang nicht verstand.

Claire blickte immer wieder zu Célestine, die ihren Blick unentwegt geradeaus hielt. Nach mehreren Akten und den Pausen dazwischen, in welchen sich Célestine krampfhaft an ihrem Champagnerglas festhielt, kam die Erlösung.

Sie schloss sich artig dem Schlussapplaus an, begleitet von einem Lächeln, das sie sich mühevoll abringen konnte. Sie verspürte nur noch den Wunsch den Tempel der Muse schnellstmöglich zu verlassen, um sich in die Nacht hinein zu retten.

So sehr Claire-die Frage, wie ihr das Dargebotene gefallen habe, auf der Zunge brannte, so unterließ sie es dennoch danach zu fragen.

Die Fahrt mit dem Taxi in die Rue Barberousse, Nummer 144 verlief schweigend.

Als sie angekommen waren, fragte Claire, ob Célestine noch auf ein Getränk in die Wohnung mitkommen wolle, um den schönen Abend ausklingen zu lassen. Célestine lehnte dankend ab mit den Worten:

„Es ist schon sehr spät und ich bin müde. Vielen Dank für den wunderbaren Abend, Madame. Ich wünsche Ihnen eine gute Nacht."

*****

In den nächsten Tagen und Wochen zog sich Célestine in ihre Welt zurück. Madame Moreau ging es erkennbar besser, und Célestine beschränkte ihre Besuche auf ein Minimum.

Zoe kam gelegentlich vorbei, um nach Célestine zu schauen. Ihr fiel auf, dass sich ihre Mutter verändert hatte. Auf die Frage nach der Ursache, wich Célestine aus. Zoe ließ jedoch nicht locker und bohrte so lange, bis Célestine von ihrem Ausflug in die Welt der Oper erzählte.

„Es war schrecklich", begann sie ihre Ausführungen, *„ich kam mir vor wie ein Zirkuspferd."*

„Wieso das denn?", fragte Zoe.

„Madame Moreau hat mich ihren Freundinnen und Bekannten herumgereicht, und die haben mich mit ihren Fragen bedrängt."

„Na und?", sagte Zoe, *„du hast doch einen Mund zum Sprechen, und zu verbergen hast du auch nichts."*

„Hast du vergessen, wo wir herkommen?", fragte Célestine leicht aufgebracht, *„wir gehören nicht zu diesen Menschen."*

„Das ist doch Unsinn, Mama", sagte Zoe, *„wir leben doch nicht mehr im Mittelalter."*

„Mag sein, dass ihr Jungen anders damit umgeht", sagte Célestine, *„ich für meinen Teil weiß, wo mein Platz ist."*

„Und wo ist der?", fragte Zoe provokant.

„*Lassen wir das*", antwortete Célestine, die genau wusste, wo diese Unterhaltung hinführen würde.

Zoe war jedoch keinesfalls bereit die Unterhaltung zu beenden.

„*Ich verstehe dich nicht, Mama*", fuhr sie fort, „*Madame Moreau hat dir schöne Kleider und Schuhe gekauft, und sie hat dich mit in die Oper genommen. Was ist daran so schlimm?*"

„*Dass sie mich als ihre Tochter ausgegeben hat, als wir im Modehaus eingekauft haben.*"

„*Das hat sie gesagt?*", fragte Zoe überrascht.

„*Nicht direkt*", antwortete Célestine.

„*Was heißt das?*", fragte Zoe.

„*Nun, dass nicht Madame gesagt hat, dass ich ihre Tochter bin, sondern die Geschäftsführerin.*"

Nun war es heraus. Célestine fühlte sich erleichtert.

„*Aber dann ist es doch gar nicht so schlimm*", sagte Zoe.

„*Doch*", antwortete Célestine trotzig.

„*Aber wieso denn*", sagte Zoe, „*das verstehe ich nicht.*"

„*Weil Madame nichts gesagt hat*", antwortete Célestine.

Zoe sah ihre Mutter an und dachte nach. Ein Lächeln umspielte ihr Gesicht, als sie sagte:

28

„Da hat das Schicksal mal einen guten Tag und schaut bei dir vorbei, und was machst du? Du schickst es wieder weg."

„Was meinst du damit?", fragte Célestine.

„Das will ich dir sagen, liebste Mama", antwortete Zoe. „Stell dir doch nur einmal vor, Monsieur und Madame adoptieren dich und machen mich damit zu ihrer Enkelin.

Dann hättest du ausgesorgt und ich würde in die feine Gesellschaft eingeführt werden. Welch verlockender Gedanke, findest du nicht auch?"

Célestine sah sich einmal mehr dem Pragmatismus ihrer Tochter ausgesetzt, den sie nicht besonders mochte. Sie quittierte die Worte von Zoe mit zwei klaren Worten:

„Du spinnst!"

Dann gab sie ihrer Tochter einen Kuss und fragte sie:

„Schämst du dich für deine Mutter?"

„Um Gottes willen, nein, Mama", antwortete Zoe erschrocken, „wie kannst du nur so etwas fragen?"

„Dann ist ja alles gut", antwortete Célestine, „denn das wäre schlimm für mich."

Zoe umarmte ihre Mutter, die Tränen in den Augen hatte.

„Verzeih deiner dummen Tochter, Mama", sagte Zoe, „ich habe dich sehr lieb."

„*Ich habe dich auch lieb, ma Petite*", sagte Célestine und gab Zoe einen langen Kuss.

*****

Es war wenige Wochen vor Weihnachten, als Professor Moreau an das Fenster der Conciergerie klopfte.

„*Guten Tag, Madame Célestine, kann ich Sie kurz sprechen?*"

Célestine trat vor die Tür und fragte besorgt:

„*Ist etwas mit Madame?*"

„*Nein, nein*", antwortete der Professor, „*ich wollte Sie nur etwas fragen. Es ist vielmehr eine Bitte.*"

„*Was kann ich für Sie tun, Herr Professor?*", fragte Célestine.

„*Ich brauche noch dringend ein Weihnachtsgeschenk für meine Gattin, und ich habe so überhaupt keine Idee.*"

Célestine hatte ärgste Befürchtungen. Sie ahnte, was der Professor von ihr wollte. Sie hatte den liebenswerten Mann sehr gern, und sie wollte ihn keinesfalls vor den Kopf stoßen.

„*Würden Sie mich bitte begleiten und mir helfen etwas Passendes für Madame zu finden?*"

Célestine rang mit sich. Sie sah in das erwartungsvolle Gesicht des Professors, und ihr fehlte einfach der Mut ihm seine Bitte abzuschlagen. Also antwortete sie:

„Wenn Sie das möchten, und wenn Sie glauben, dass ich Ihnen eine Hilfe sein könnte, dann sehr gern, Herr Professor."

„Das habe ich mir gedacht", antwortete der Professor, *„und es freut mich sehr, dass Sie mir helfen wollen. Wie wäre es mit morgen Nachmittag, sagen wir gegen 14:00 Uhr?"*

„Das passt mir gut", sagte Célestine.

„Fein", antwortete der Professor, *„dann also bis morgen. Ich danke Ihnen nochmals und wünsche noch einen schönen Tag."*

*****

Die Stadt war festlich geschmückt. Über den Straßen waren Lichterketten gespannt, und aus den Lautsprechern diverser Geschäfte drang ein Mix aus „Jingle Bells" und „Petit Papa Noël".

Der Professor hatte Célestine abgeholt und war mit ihr ins Zentrum gefahren. Dort angekommen führte der Professor Célestine zuerst in ein Kaffeehaus.

Célestine war zwar überrascht, hatte aber nichts dagegen einzuwenden. Es war recht kalt an diesem Tag, und ein warmes Getränk würde sicher nicht schaden.

Sie setzten sich an einen Fensterplatz und bestellten. Der Professor einen Kaffee und Célestine einen Kakao. Und dazu frische, warme Croissants.

„Ich weiß, dass das Verhältnis von meiner Gattin und Ihnen getrübt ist", sagte der Professor, und als Célestine etwas einwenden wollte, sagte der Professor:

„Bitte hören Sie mir ganz einfach zu, liebe Célestine. Claire hat mir alles erzählt, und ich verstehe gut, dass Sie verunsichert waren. Claire bedauert im höchsten Maße, dass sie Ihnen gegenüber so unsensibel war.

Sie leidet sehr darunter, dass Sie ihr aus dem Weg gehen, und sie weiß nicht, was sie tun kann, um Sie ihr wieder gewogen zu stimmen."

Célestine wartete einen Augenblick, bevor sie antwortete.

„Ich bin Ihrer Gattin doch nicht böse, Herr Professor, bitte glauben Sie mir das. Ich bin nur sehr verunsichert und ich fühle mich momentan nicht sehr wohl in der Nähe Ihrer Gattin."

Jetzt war es der Professor, der sich etwas Zeit nahm, bevor er darauf antwortete.

„Liebe Célestine, ich möchte Ihnen jetzt etwas sehr Persönliches anvertrauen."

„Das müssen Sie nicht, Herr Professor", sagte Célestine, die gerade ein beginnendes Unbehagen empfand.

„Doch, doch, Célestine", antwortete der Professor, *„das ist dringend von Nöten."*

Und wieder verharrte der Professor, bevor er Célestine ein Geheimnis anvertraute, das er und seine Gattin tief in ihrem Herzen vergraben hielten.

„Wir hatten eine Tochter", begann der Professor, und es fiel ihm sichtlich schwer weiterzusprechen, *„sie hieß Madeleine und wäre jetzt so alt wie Sie."*

Célestine schaute ihr Gegenüber an. Vor ihr saß nicht der honorige Universitätsprofessor, sondern ein Vater, der an einem schmerzhaften Verlust schwer zu tragen hatte.

„Was ist mit der Tochter geschehen?", fragte Célestine.

„Sie starb an plötzlichem Kindstod", antwortete der Professor, *„Claire ist nie darüber hinweggekommen."*

„Das ist ja schrecklich", sagte Célestine, *„es tut mir sehr leid für Sie und Madame."*

„Danke, Célestine", antwortete der Professor und fuhr fort:

„Ich erzähle Ihnen das, damit Sie Claire vielleicht ein wenig besser verstehen können."

Célestine nickte.

„Claire leidet bis heute unter diesem Verlust. Sie hat sich nie davon erholt. Und als Sie in unser Leben getreten sind, liebe Célestine, war das, als würde Claire zu neuem Leben erweckt.

Ich weiß, dass sie sich in etwas hineingesteigert hat, aber es war zu keiner Zeit böse gemeint. Das müssen Sie mir glauben. Sie hat nur ihre Liebe, die sie unserer Tochter nicht mehr geben konnte, auf Sie übertragen.

Es mag sein, dass es falsch war, und dass es Ihnen gegenüber rücksichtslos erscheinen muss; aber es stand zu keiner Zeit eine böse Absicht oder Kalkül dahinter."

Célestine schluckte schwer. Sie war überwältigt von dem Geschilderten, und sie begann die Handlungsweise von Claire zu verstehen und zu verzeihen.

Sie sah die Frau, die sie fast erdrückt hätte, plötzlich in einem völlig anderen Licht, und sie bereute, dass sie so heftig darauf reagiert hatte.

„Es tut mir alles so leid", begann sie, *„wenn ich geahnt hätte, welch schwerer Verlust auf Ihnen beiden lastet, hätte ich mich ganz anders verhalten.*

Ich würde so gern mit Madame darüber reden, wenn sie das möchte. Aber wahrscheinlich will sie das gar nicht."

„Im Gegenteil, liebe Célestine", sagte der Professor freudig, *„ganz im Gegenteil, Sie würden ihr damit die größte Freude machen."*

In diesem Moment fühlte Célestine eine große Erleichterung. Sie hatte Claire von Herzen gern, und sie verstand auf einmal nicht mehr, warum sie sich so von ihr abgewandt hatte. Vielleicht war es ja nur ihr dummer Stolz.

Célestine und der Professor lächelten um die Wette. Ein wunderbares Wohlgefühl hatte sie erfasst, und als ob sich auch der Himmel darüber freute, fing es plötzlich an zu schneien.

„Schau nur, Célestine", sagte der Professor und deutete mit der Hand zum Fenster hin. Was Célestine noch vor einigen Minuten aufgebracht hätte, war jetzt gerade einfach nur schön. Der Professor hatte sie geduzt.

„*Das ist herrlich*", schwärmte Célestine, „*gerade noch rechtzeitig zu Weihnachten.*"

„*Das wird ein wunderbares Weihnachtsfest*", sagte der Professor, „*aber vorher müssen wir noch Geschenke besorgen.*"

Dann verließen sie das Kaffeehaus, traten hinaus und hielten ihr Gesicht gen Himmel, um es von dicken Schneeflocken bedecken zu lassen.

„*Das sind Küsse*", sagte Célestine, „*himmlische Küsse, und ich mag sie sehr.*"

Der Professor lachte und hielt Célestine den Arm hin. Célestine hakte sich ein, und dann marschierten sie los, um die Geschenke für Claire zu besorgen.

Dass einige der Geschenke auch für Célestine und Zoe gedacht waren, vermutete Célestine; ließ es sich aber nicht anmerken.

*****

Der Baum im Salon war festlich geschmückt und reichte bis hinauf zur Decke. Der Professor hatte eine CD mit Weihnachtsliedern eingelegt, und aus der Küche drangen feine Düfte.

Célestine hatte angeboten das Weihnachtsessen zuzubereiten, was jedoch von Claire mit der Begründung abgelehnt worden war, dass an Heiligabend die gesamte Familie am Tisch sitzen sollte.

Dass sowohl Célestine als auch Zoe Teil dieser Familie sind, wurde Tage zuvor eindeutig geklärt. Der Professor, seine Frau Claire und Célestine hatten eine längere Aussprache, an deren Ende ein Gebilde aus Harmonie und Freude herausgekommen war.

Ein Cateringdienst hatte ein komplettes Menu geliefert, das von Claire und Célestine zusammengestellt worden war.

***

Weihnachtsmenu

Aperitif

Räucherlachs

*Foie gras mit
Zwiebelkonfitüre*

Ente á l' orange

Diverse Käse

Bûche de Noël

***

Die „Bûche de Noël" ist ein Kuchen, der aussieht wie ein Baumstamm, und er symbolisiert die Tradition, dass jeder Gast ein Stück Holz mitbringt, damit das Haus beheizt werden kann.

Das Festtagsmahl war, gemessen an früher, als das Essen noch aus zehn und mehr Gängen bestand, eher schlicht. Das lag nicht zuletzt daran, dass die gesundheitlichen Probleme von Claire es nicht mehr zuließen.

Um welches Problem es sich handelte, hatte sich Célestine noch nicht erschlossen. Sie wollte Claire jedoch nicht danach fragen. Wenn die Zeit reif dafür wäre, würde sie es Célestine schon sagen.

Nach dem köstlichen Essen wurden die Geschenke verteilt. Wie Célestine richtig vermutet hatte, waren auch Geschenke für sie und Zoe dabei.

Célestine bekam einen Gutschein in beträchtlicher Höhe für das Kaufhaus Lafayette. Und außerdem ein Etui mit einer Goldkette und einem Herzen mit einem Rubin, eingefasst mit kleinen Diamanten.

Der Professor hatte es ihr mit den Worten überreicht:

„Für die Frau mit dem großen Herzen."

Célestine war überwältigt. Sie suchte nach passenden Worten, um sich dann mit einem einfachen DANKE zu begnügen.

Der Professor nahm Célestine in die Arme und küsste sie auf beide Wangen.

„Ich bin sehr froh, dass wieder alles in Ordnung ist mit uns."

„Ich auch, Herr Professor", antwortete Célestine, und der Professor sagte – nein, er bestimmte mit großem Nachdruck:

„Schluss jetzt mit dem Professor, ich heiße Julien."

Und bevor Célestine protestieren konnte, fügte er augenzwinkernd hinzu:

„Und ich dulde keinerlei Widerspruch!"

Célestine ging zu Claire, die Tränen in den Augen hatte. Sie umarmte sie lange und küsste sie.

„Es tut mir leid, dass ich Sie verletzt habe, liebe Claire, das wird nie wieder passieren, das verspreche ich."

„Ich weiß, mein Kind", sagte Claire, *„ich weiß."*

„So jetzt aber zu dir, Zoe", sagte Julien und fügte hinzu:

„Ich darf doch DU sagen, nichtwahr?"

„Ja", antwortete Zoe, *„aber nur, wenn ich zu dir <Großpapa Julien> sagen darf."*

Als Célestine dies vernahm, fiel sie beinahe in Ohnmacht.

„Bist du verrückt?", sagte sie, und ihre Stimme überschlug sich beinahe, *„entschuldige dich sofort bei dem Herrn Professor!"*

„Aber nicht doch, Célestine", sagte Julien, *„das ist völlig in Ordnung. Es freut mich sogar sehr."*

Célestine verstand nun gar nichts mehr. Sie fragte sich einmal mehr, was sie bei der Erziehung ihres Kindes wohl falsch gemacht hatte.

Claire setzte der abstrusen Situation noch eine Krone obenauf, indem sie sagte:

„Komm zu deiner Großmama Claire und gib ihr einen Kuss."

Zoe kam der Bitte ihrer neugebackenen Großmutter mit Freuden nach, und Célestine gab sich geschlagen. Sie sagte nur noch:

„Das ist die verrückteste und schönste Weihnacht meines Lebens."

Julien nahm das Päckchen, das für Zoe bestimmt war und überreichte es ihr mit den Worten:

„Du hast doch Kleidergröße 36? Stimmt das?"

Zoe nickte.

„Dann wird dir die Bluse hoffentlich gefallen."

Julien überreichte Zoe das Geschenk, und beinahe wäre es ihr aus den Händen geglitten. Sie hatte das Gewicht des Päckchens unterschätzt.

Als sie die Verpackung in großer Hast geöffnet hatte, hielt sie plötzlich ein Notebook in der Hand. Ein Leuchten huschte über ihr Gesicht. Und dann fiel sie Julien um den Hals und sagte:

„Vielen Dank! Du bist der beste Großpapa, den man sich wünschen kann."

„Ich habe auch noch etwas für euch beide", erklang die Stimme von Claire, die das Treiben mit großer Freude verfolgt hatte.

Sie überreichte Célestine eine kleine Schatulle. Célestine öffnete sie und entnahm ihr einen Schlüssel. Dann sah sie Claire fragend an.

„Das ist der Schlüssel zu unserem Ferienhaus in der Provence. Ihr könnt es benützen, wann immer ihr das möchtet; es gehört euch. In den nächsten Tagen machen wir es amtlich. Es ist sich vor Weihnachten leider nicht mehr ausgegangen."

Célestine war sprachlos. Sie schluckte und ihr Blick wanderte zwischen Claire und Julien hin und her.

„Das können wir nicht annehmen", sagte sie dann und hielt Claire die Schatulle mit dem Schlüssel hin.

„Meine liebe Célestine", antwortete Claire, *„wie du ja weißt, haben wir selbst keine Kinder. Und wir sind inzwischen in einem Alter, in dem man sich ab und zu Gedanken über die Endlichkeit des Lebens macht.*

Ich weiß nicht, ob ich das Haus je noch einmal sehen werde; aber ich weiß, dass es voller guter Energie ist. Und ich weiß auch, dass ihr diese Energie noch verstärken werdet.

Julien und ich sind uns einig, dass ihr es mit eurer Liebe ausfüllen werdet, und wir sind glücklich es in euren guten Händen zu wissen. Bitte, schlagt uns dieses Geschenk nicht ab."

In Célestines Kopf flogen die Gedanken wie wild hin und her. Sie sah zu Zoe, und sie erkannte in ihrem Gesicht den flehentlichen Blick das Geschenk ja nicht abzulehnen.

„Das ist ein so unglaubliches Geschenk, dass es mich eine große Überwindung kostet es anzunehmen", sagte

Célestine. „*Ich nehme es dennoch an, knüpfe aber eine Bedingung daran.*

Zoe und ich werden dort nur unseren Urlaub verbringen, wenn ihr uns begleitet."

„*Das war nicht vorgesehen und auch nicht eingeplant, als wir uns dazu entschlossen haben*", sagte Claire, „*wir wollen einfach nur, dass ihr das Haus genießen könnt, wann immer ihr das möchtet.*"

„*Davon bin ich überzeugt*", entgegnete Célestine, „*aber es bleibt bei der Bedingung, dass wir das Ferienhaus nur mit euch zusammen benützen.*"

Der Professor schaute Zoe an und sagte:

„*Ich kann mir gut vorstellen, dass dir die Bedingungen, die deine Mutter stellt, nicht wirklich gefallen.*"

Zoe sah den Professor mit vorwurfsvollem Blick an.

„*Du hast aber keine sehr hohe Meinung von mir, Großpapa*", sagte sie mit strengem Blick. „*Wenn wir auch aus bescheidenen Verhältnissen kommen, so hat mir meine Mama doch Werte mit auf den Weg gegeben, die mir ebenso viel bedeuten wie ihr selbst.*"

Célestine war in diesem Augenblick mächtig stolz auf ihre Tochter, wenn sie auch ein wenig darunter zu leiden hatte, wie locker, flaumig Zoe die Anrede „Großpapa" für den Professor über die Lippen ging.

Der Professor hingegen schmolz förmlich dahin. Er hatte dieses kecke Wesen so sehr in sein Herz geschlossen, dass er den Gedanken, es könnte vielleicht irgendwann, irgendwie alles ganz anders sein, heftig von sich stieß.

Er musste daran denken, wie sehr seine geliebte Gattin aufgeblüht war, seitdem Célestine und Zoe zu einem Teil ihres Lebens geworden waren. Die beiden Frauen vermochten die nicht heilen wollende Wunde im Herzen von Claire zu schließen.

„Bitte verzeih deinem dummen, alten Großpapa, liebe Zoe“, sagte Julien, und mit einem Lächeln fügte er noch hinzu:

„Ich werde in mich gehen, und ich gelobe Besserung.“

„Wie wäre es mit einem Glas Champagner?“, fragte Claire plötzlich, und Zoe konnte es sich nicht verkneifen hinzuzufügen:

„Oder auch zwei oder drei?“

„Du bist schrecklich“, sagte Célestine.

Kurz darauf hörte man das Klingen der Champagnergläser, und es klang wie liebliches Glockengeläut.

Es war schon lange nach Mitternacht, als ein ganz besonderer Weihnachtsabend zu Ende ging…

*****

Silvester stand vor der Tür und Julien wagte einen weiteren Versuch Célestine in die Oper zu locken.

„Liebe Célestine, Claire und ich würden uns sehr freuen, wenn du und Zoe uns an Silvester in die Oper begleiten würdet."

Der Blick von Célestine verhieß nichts Gutes. Julien hatte etwas in der Richtung erwartet, deshalb fuhr er eilig fort:

„Keine Angst, es ist keine schwere Kost, die dich erwartet. Das Pariser Opernballett führt den <Nussknacker> von Tschaikowski auf."

Als Célestine das hörte, entspannte sich ihr Gesichtsausdruck merklich. Zum einen kannte sie die Musik, die ihr auch recht gut gefiel, und zum anderen mochte sie Ballett.

Im Gegensatz zu Oper hatte sie Ballett schon im Fernsehen gesehen. Und die Vorstellung von der Loge des Professors aus die herrliche Musik zu hören und die herrlichen Kostüme zu sehen, reizte sie sehr.

„Das stelle ich mir wunderschön vor", sagte sie, *„da komme ich sehr gern mit. Aber bei Zoe bin ich mir nicht so sicher. Sie wird wohl eher auf den Champs-Elysées feiern wollen; aber ich werde sie fragen."*

„Darf ich das machen?", fragte der Professor.

„Ja, warum nicht", antwortete Célestine, *„aber bitte nicht enttäuscht sein, wenn sie ablehnt."*

Julien hatte sich einen Plan zurechtgelegt. Seine Motivation bestand darin, dass er mit seiner kleinen Familie gemeinsam in das neue Jahr hinüberwechseln wollte.

Als er am nächsten Tag Zoe um ein Gespräch bat, rechnete er sich gute Chancen aus seinen Plan Wirklichkeit werden zu lassen.

„Ich möchte dich etwas fragen. Möchtest du vielleicht deiner Mutter eine Überraschung bereiten, und deinen Großeltern eine große Freude machen?", sagte Julien, wobei er das Wort „Großeltern" mit einem breiten Grinsen einrahmte.

„Wenn es im Bereich des Möglichen für mich ist, dann sehr gern", antwortete Zoe, beschlichen von einer Ahnung, dass Julien wohl etwas im Schilde führte.

„Das ist es durchaus", antwortete Julien, sein breites Grinsen weiterhin aufrechterhaltend.

„Und was muss ich tun?", fragte Zoe, deren Ahnung allmählich in Gewissheit überging, dass die Geschichte wohl einen Haken haben müsste.

„Du müsstest mich lediglich in ein Modehaus und zum Juwelier begleiten", antwortete Julien.

„Und wann?", fragte Zoe.

„Am besten jetzt gleich", sagte Julien.

Und schon wenig später saßen die beiden in einem renommierten Modehaus bei einem Glas Champagner und ließen sich schicke Kleider vorführen.

Als die Geschäftsführerin - es war übrigens wieder Madame Bernadette – Zoe nach deren Kleidergröße fragte, schaute Zoe Julien verwundert an.

„*Ja, hast du denn geglaubt, die Kleider sollen für mich sein?*", fragte Julien lachend.

„*Sechsunddreißig*", stammelte Zoe, „*ich habe Kleidergröße sechsunddreißig.*"

„*Na, dann wollen wir einmal schauen, was wir für das gnädige Fräulein haben*", sagte Madame Bernadette mit einem verbindlichen Lächeln, und zu dem Professor gewandt:

„*Darf ich noch fragen, für welchen Anlass die Kleider sein sollen?*"

„*Etwas für die Oper und auch noch etwas, womit man Silvester feiern kann. Aber das muss meine Enkelin selbst entscheiden.*"

Das Wort „Enkelin" war Julien ganz leicht über die Lippen gegangen, und es erfüllt sein Herz mit großer Glückseligkeit.

Zoe hatte große Schwierigkeiten, bei der Fülle der vorgeführten Kleider, eine Entscheidung zu fällen. Es war ihr gar nicht in den Sinn gekommen Julien danach zu fragen, was es mit Oper und Silvester feiern denn auf sich habe.

Julien und Zoe verließen das Modehaus ohne all die schönen Kleider, Schuhe und weitere Accessoires. Zoe hätte sie am liebsten gleich mitgenommen; aber das ging nicht.

„*Dann ist es keine Überraschung mehr, wenn deine Mutter die Kleider schon vor Silvester sieht. Und außerdem müssen wir ja noch zum Juwelier*", sagte Julien.

Auf dem Weg zum Juwelier erlöste Julien Zoe aus ihrer Ungewissheit. Er erzählte ihr von dem Vorhaben, wie er sich den Ablauf von Silvester vorstellte.

„Wir gehen erst gemeinsam fein speisen, dann genießen wir einen herrlichen Ballettabend, und danach kannst du die Champs-Elysées mit deinen Freunden unsicher machen."

Nachdem Julien Zoe seine Idee mitgeteilt hatte, schaute er erwartungsvoll in ihr Gesicht. Als keine Reaktion kam, sagte er:

„Du musst dich nicht verpflichtet fühlen das alles mitzumachen, und die Kleider kannst du natürlich auch behalten. Betrachte sie einfach als ein verspätetes Weihnachtsgeschenk."

„Das hast du dir so gedacht", sagte Zoe mit ernster Miene, *„hast du wirklich geglaubt, man könne mich mit ein paar Kleidern kaufen?"*

Julien erschrak. Mit dieser harschen Reaktion von Zoe hatte er nicht gerechnet.

„Dass du es nur weißt", fuhr Zoe fort, *„ich bin tatsächlich käuflich. Ich hätte auch für ein paar Kleider weniger deinem Vorhaben zugestimmt. Aber so gefällt es mir natürlich besser."*

Julien war fassungslos. Er wurde plötzlich sehr blass im Gesicht. Zoe hatte es bemerkt, und sie beeilte sich den armen Julien zu erlösen.

„Das war ein Scherz, Großpapa, ich freue mich doch über deinen Plan und auch über all die schönen Sachen."

Julien war noch immer kreidebleich im Gesicht. Zoe nahm ihn in die Arme und drückte ihn ganz fest.

„Verzeih mir bitte", sagte sie, *„ich wollte dich nicht so erschrecken. Das war dumm von mir."*

„Nein", antwortete Julien, *„es war dumm von mir, dass ich deinen Schwindel nicht gleich durchschaut habe."*

„Das sehe ich anders", sagte Zoe, *„das konntest du gar nicht durchschauen, weil ich sehr überzeugend sein kann."*

„Du hast wirklich das Zeug für eine Schauspielerin", sagte Julien, *„eine neue Michèle Morgan."*

„Wer ist das denn?", fragte Zoe.

„Das war eine der ganz Großen; aber die kannst du nicht kennen. Das war lange vor deiner Zeit."

Inzwischen waren sie bei dem Juwelier angekommen.

„Und was machen wir hier?", fragte Zoe, nachdem sie das Geschäft betreten hatten.

„Nun, was man bei einem Juwelier so macht", antwortete Julien, *„Brötchen kaufen natürlich."*

Zoe lachte und Julien tat es ihr gleich. Es gefiel ihm, wie er und Zoe sich neckten. Er dachte daran, wieviel er und Claire durch ihre Kinderlosigkeit wohl versäumt haben mussten.

Als damals die kleine Madeleine nur wenige Wochen nach ihrer Geburt gestorben war, sperrte Claire den potenziellen Wunsch nach einem Kind in das tiefste Verlies ihrer Seele ein.

Auch den Vorschlag von Julien vielleicht ein Kind zu adoptieren, wies Claire strikt von sich. Die Angst noch einmal so sehr verletzt zu werden, war stärker als die Sehnsucht nach einem gemeinsamen Kind.

„Was kann ich für Sie tun, Herr Professor?"

Die Frage des Juweliers riss Julien aus seinen Gedanken.

„Diese junge Dame friert ständig an ihrem Hals. Hätten Sie vielleicht etwas, womit man den Hals bedecken könnte?"

„Da bin ich mir ganz sicher, verehrter Herr Professor", antwortete der Juwelier und Julien wandte sich an Zoe mit der Frage:

„Was ist deine Lieblingsfarbe?"

„Blau", antwortete Zoe, und Julien wandte sich zu dem Juwelier zurück und sagte:

„Dann ist ja alles klar, nicht wahr, mein Lieber?"

„Klar und blau wie Tinte", antwortete der Juwelier und holte diverse Colliers aus einer Vitrine. Er drapierte sie auf der Theke mit den Worten:

„Die schönsten Colliers für das wunderschöne Fräulein."

Zoe riss die Augen auf und ein Leuchten ging über ihr Gesicht.

„Gefallen sie dir?", fragte Julien, *„das sind Saphire, in früherer Zeit der Leitstein für Kaiser- und Königskronen.*

Er steht für Treue, hingebungsvolle Liebe und Keuschheit. Er soll Friede geben und vor Untreue, Hass und Erschrecken bewahren. Und er passt wunderbar zu deinen Augen."

"Die sind wunderschön", sagte Zoe, *"aber ich könnte sie auf gar keinen Fall tragen."*

Julien sah Zoe voller Erstaunen an.

"Aber warum denn nicht, liebe Zoe", fragte er enttäuscht. Zoe druckste eine Weile herum, bevor sie antwortete:

"Das mit der hingebungsvollen Liebe und dem Frieden gefällt mir alles sehr gut. Aber das mit der Keuschheit, das haut nicht hin. Ich bin leider keine Jungfrau mehr..."

Julien musste herzlich lachen, und auch der Juwelier fiel sofort mit ein. Julien war einmal mehr auf das Schlitzohr namens Zoe hereingefallen.

"Jetzt aber einmal ganz im Ernst", sagte Zoe, die mit einem schnellen Blick auf eines der kleinen Preisschilder geschaut hatte, welche an den Colliers angebracht waren.

"Die sind ja viel zu teuer, das kann ich wirklich nicht annehmen."

"Es ehrt dich sehr, meine liebe Zoe, dass du das sagst", entgegnete Julien, *"aber du würdest deinem dich liebenden Großpapa eine große Freude damit bereiten. Und deiner Großmama ganz sicher auch."*

Zoe kämpfte sehr mit sich. Sie schwankte zwischen Verlockung und Ablehnung. Der Juwelier, dem das nicht entgangen war, bangte um ein gutes Geschäft, und daher schlug er eiligst vor, Zoe möge eines der Colliers anlegen und sich im Spiegel damit betrachten. Einfach nur so.

Von Julien dazu ermutigt, tat Zoe, was der Juwelier ihr vorgeschlagen hatte. Sie trat mit dem Collier um den Hals vor den Spiegel und sah hinein.

Julien, der hinter Zoe getreten war, sagte:

„Jetzt musst du dir nur noch das passende Kleid dazu vorstellen, was für ein herrliches Bild."

Zoe bekam Tränen in die Augen. Was sie noch vor Wochen im Scherz gesagt hatte, war plötzlich Wirklichkeit geworden: Sie hatte eine richtige Familie bekommen, und dazu gehörte auch Großpapa Julien.

Sie hatte oft darunter gelitten, dass ihr Vater sich nicht um sie gekümmert hat, als er noch mit Zoes Mutter verheiratet war. Und als nach der Scheidung der Kontakt ganz abgerissen war, verdrängte sie irgendwann den Wunsch nach einer männlichen Bezugsperson.

Zoe flüchtete sich in Abenteuer mit diversen Männern, stets darauf achtend, dass sich keiner davon fest in ihrem Herzen einnistete. Célestine entging das nicht, und es tat ihr weh, dass Zoe ein gestörtes Verhältnis zu Männern und der Liebe hatte.

Aber was hätte sie Zoe sagen können, ließ sie selbst ja auch nicht zu, dass ein männliches Wesen sein Leben mit ihr teilte. Sie beließ es dabei für ihr Kind da zu sein, und ihm all die Liebe zugeben, die sie hatte.

„Das Collier passt ganz ausgezeichnet zu dem gnädigen Fräulein", sagte der Juwelier zu Julien gewandt, *„finden Sie nicht auch, verehrter Herr Professor?"*

Julien nickte. Er lächelte ob der Besorgnis des Juweliers, das Geschäft könnte nicht zustande kommen.

„Ja, mein Lieber", sagte Julien, sehr zur Erleichterung des Juweliers, *„da haben Sie völlig recht."*

Zoe, noch immer Tränen in den Augen, drehte sich um und umarmte Julien.

„Ich bin so sehr glücklich, Großpapa, und ich danke dir, dass du und Großmama, ich meine, dass ihr beide Mama und mich aufgenommen habt. Wir sind jetzt eine richtige Familie, nicht wahr?"

Zoe sah Julien erwartungsvoll an, und Julien antwortete:

„Ja, mein Kind, das sind wir. Wir sind jetzt eine richtig große und wunderbare Familie."

Julien wischte sich seine Augen aus und schnäuzte seine Nase.

„Die Freuden des Winters und der Kälte", sagte er, und dann verließ er mit seiner Enkeltochter Zoe das Juweliergeschäft und trat hinaus in den kalten Wintertag.

„Jetzt kaufen wir uns noch einen Punsch und dann geht's ab nach Hause zu unseren Lieben."

*****

***

Silvestermenu

Gänseleber

Austern aus der
Bucht von Arcachon

Gefüllter Hummer
mit Steinpilzen

Verdauungsgläschen
Calvados

Eingelegte Ente mit
gebratenen Kartoffeln

Ingwer-Limetten-Sorbet

Kuchen

Champagner

***

Als Célestine das las, erschrak sie. Es war der Menüvor-schlag des „Maison d`Or", einem Restaurant der Spitzen-klasse, unweit der Oper.

„Wenn ich das alles esse, dann verbringe ich hinterher
den Abend eher in der Notaufnahme als in der Oper."

Diese Worte lösten eine große Heiterkeit am Tisch des Professors Moreau aus, dem langjährigen Stammgast in diesem Haus.

Julien winkte den Ober herbei und trug ihm auf den Maître de Cuisine an den Tisch zu bitten. Kurz darauf erschien Maître Clément und begrüßte den Professor.

Er umarmte den Freund aus Studientagen und küsste ihn auf beide Wangen, ebenso wie auch Claire mit großer Herzlichkeit.

„Mein lieber Clément, ich hätte eine große Bitte an dich", sagte Julien, *„wir wollen später zum Ballett in die Oper, und ich möchte dich herzlich bitten uns ein kleines, feines, nicht zu überladenes Menu zusammenzustellen."*

„Das mache ich sehr gern, lieber Julien; aber nur, wenn du mir die beiden bezaubernden Damen vorstellst", antwortete Clément.

„Mit dem größten Vergnügen, mein Freund", antwortete Julien, und dann machte er Célestine und Zoe mit dem Maître bekannt.

Clément küsste Célestine und Zoe die Hand, was bei Célestine Unbehagen hervorrief und Zoe Vergnügen bereitete.

„Es ist mir eine große Freude Sie kennenzulernen", sagte Clément. *„Sie müssen wissen, dass wir beide studiert haben, nur dass aus mir etwas geworden ist."*

„Vor diesem Mann müsst ihr euch in Acht nehmen", sagte Julien, *„er war auf der Universität schon ein großer Filou."*

„Wie ist es möglich, dass Sie zusammen studiert haben?", fragte Zoe.

„*Das ist ganz einfach*", antwortete Clément, „*wir haben beide mit Philosophie begonnen, und während Julien zu Ende studiert hat, habe ich noch rechtzeitig die Kurve gekratzt und etwas Gescheites gelernt.*"

„*Was ist das für ein Beruf, bei dem man an hohen Feiertagen für wildfremde Leute kochen muss?*", scherzte Julien.

„*Und welchen Sinn macht es irgendwelchen Dummköpfen den Sinn des Lebens erklären zu wollen?*", revanchierte sich Julien.

Es wäre wohl noch eine Weile so weitergegangen, hätte Claire nicht eingegriffen:

„*Schluss damit, ihr Kindsköpfe; ihr seid ja schlimmer als kleine Kinder. Und du, Clément, geh in die Küche und koche für uns etwas Gutes.*"

„*Mit dem größten Vergnügen, liebste Claire*", sagte Clément, „*hättest du damals mich genommen anstelle dieses Bücherwurms, dann könnte ich jeden Tag die feinsten Köstlichkeiten für dich zubereiten.*"

Der Maître wollte sich abwenden, um in sein Reich zurückzukehren, hielt aber kurz inne und sagte:

„*Ich möchte euch gerne nach der Oper auf Austern und Champagner einladen, wenn ihr möchtet. Ich würde mich freuen.*"

„*Das ist sehr lieb von dir*", antwortete Julien, „*wir werden darüber nachdenken. Vielen Dank, alter Freund!*"

*****

54

Die Oper war bis auf den letzten Platz besetzt. Die Herren waren im Frack erschienen, während die wunderschönen Garderoben der Damen miteinander wetteiferten.

Von der Loge des Professors aus hatte man einen herrlichen Blick auf die Besucher; aber auch hin zur Bühne. Célestine und Zoe saßen ganz vorne und beobachteten die Besucher.

Während Mutter und Tochter in höchster Aufregung waren, saßen Julien und Claire, glücklich und zufrieden in sich ruhend, hinter ihnen und genossen den Augenblick.

Julien hielt die Hand von Claire. Sie schauten einander an und sie kommunizierten, ohne auch nur ein einziges Wort zu sagen.

Noch vor ein paar Monaten hätte Julien es nicht für möglich gehalten, dass er seiner geliebten Frau noch einmal so nahe sein könnte.

Der Vorhang hob sich, und dann folgten gute zwei Stunden Musik und Tanz, dargeboten von fantastischen Künstlern, und unterbrochen von einer kleinen Pause.

„*Wie gefällt es euch bisher?*", fragte Claire in der Pause.

„*Ich hätte nicht geglaubt, dass mich Ballett so begeistern könnte*", antwortete Célestine, und Zoe sagte:

„*Es ist himmlisch, ich bin total begeistert.*"

„*Das freut uns sehr*", sagte Claire und Julien nickte zustimmend.

„Dann lasst uns wieder hineingehen, es geht gleich weiter."

Als die umjubelte Vorstellung zu Ende war, blieben die vier noch ein wenig in der Loge sitzen.

„Was machen wir jetzt?", fragte Julien und blickte seine Damen erwartungsvoll an. Als keine Antwort kam, sagte Julien zu Zoe:

„Du wirst ja wohl auf die Champs Elysées gehen, nehme ich an, und nicht den Abend weiter mit uns verbringen wollen."

„Das könnte euch so passen", antwortete Zoe, *„ihr geht Austern schlürfen und Champagner trinken, und ich muss mich mit dem jungen Gemüse in der Kälte herumschlagen."*

„Sei nicht so frech, Zoe", sagte Célestine empört, *„was ist nur in dich gefahren?"*

„Keine Angst, Célestine", beschwichtigte Julien, *„das ist nur ein Spiel zwischen uns beiden."*

Und Claire sah zu Célestine hin und schüttelte leicht den Kopf, so als wolle sie sagen:

„Lass die beiden ruhig machen; die verstehen sich schon."

Und als der Großteil der Besucher gegangen war, verließen auch sie die Oper, und ihr Weg führte sie zurück zum „Maison d`Or", wo der Maître schon auf sie wartete.

*****

Célestine verbrachte immer mehr Zeit mit Claire. Julien ging weiterhin zur Universität, und seit Zoe einen festen Freund hatte, bekam Célestine sie kaum noch zu sehen.

Claire erzählte Célestine von der schweren Zeit, nachdem die kleine Madeleine gestorben war. Sie hatte ein altes Fotoalbum aufgeschlagen, in welchem Bilder aus glücklichen Tagen eingeklebt waren.

Es waren Bilder von Julien und Claire vor ihrer Hochzeit, bei der Hochzeit und auch von der Hochzeitsfeier selbst mit vielen Gästen. Danach kamen Bilder von der schwangeren Claire, und Julien mit der kleinen Prinzessin auf dem Arm.

Die nachfolgenden Seiten waren leer.

Claire hatte das Album zugeschlagen und wieder weggeräumt. Als sie zurückkam, setzte sie sich wieder zu Célestine.

„Es war eine schreckliche Zeit", sagte Claire, *„gerade noch waren wir die glücklichsten und stolzesten Eltern auf der Welt und dann..."*

Claire konnte nicht weitersprechen, sie hatte Tränen in den Augen.

Célestine nahm Claire in die Arme und sagte:

„Du musst nicht weitersprechen, wenn es dir so sehr wehtut."

„Doch, Célestine", antwortete Claire, *„ich möchte es aber. Es lastet mir so schwer auf meiner Seele, dass es mich manchmal zu erdrücken droht. Ich habe bisher noch mit niemand darüber gesprochen."*

„*Auch nicht mit Julien?*", fragte Célestine.

„*Mit ihm schon gar nicht*", sagte Claire, die ihre Fassung wiedergewonnen hatte.

„*Ich war damals sehr enttäuscht von Julien. Anstatt mich zu stützen und zu halten, hat er sich in seine Arbeit geflüchtet. Ein Wunder, dass er nicht auch in der Universität geschlafen hat.*

Ich fiel in ein tiefes Loch, und ich wollte niemanden sehen. Irgendwann flüchtete ich in eine Depression, die ich mir über viele Jahre erhalten habe.

Der Doktor hat mir zwar Medikamente verschrieben, aber die konnten mir mein Kind nicht zurückgeben. Der schlimmste Tag in jedem Jahr war der Todestag von Madeleine. Und Weihnachten fiel gänzlich aus.

„*Und Julien konnte dir in all der Zeit nicht helfen?*", fragte Célestine.

„*Ja schon*", antwortete Claire, „*er hat sich in all den zurückliegenden Jahren rührend um mich gesorgt. Und ich habe irgendwann auch verstanden, warum er sich damals so verhalten hat. Er konnte mit der Situation genauso wenig umgehen wie ich.*"

„*Und Hilfe von einem Psychologen hast du nicht in Anspruch genommen?*", fragte Célestine.

„*Ich war ein paar Mal dort*", antwortete Claire, „*aber das hat mir nichts gebracht. Ich hatte eine tiefe Leere in mir, und die konnte mir niemand nehmen.*"

„*Das ist eine sehr traurige Geschichte*", sagte Célestine.

„*Ja, das ist wohl war*", sagte Claire, „*aber dank dir und Zoe hat sie doch noch ein gutes Ende gefunden.*"

„*Wie meinst du das?*", fragte Célestine.

„*Was ist das denn für eine Frage?*", sagte Claire beinahe vorwurfsvoll, „*ihr habt meine Leere wieder gefüllt.*"

Als Célestine das hörte, musste sie daran denken, dass sie noch vor geraumer Zeit große Angst davor hatte von Claire und Julien vereinnahmt zu werden.

Gott sei Dank hatte sich dieses Gefühl wieder verabschiedet, nicht zuletzt auch durch die Hilfe von Zoe. Sie hatte sich mit ihrer großen Unbekümmertheit der sich plötzlich eröffnenden Situation bedingungs- und vorbehaltslos hingegeben, und Célestine hatte sich mitreißen lassen.

Das Angebot von Julien, Célestine sollte bei ihnen einziehen, hatte sie jedoch strikt abgelehnt. Claire hat sich Tage danach bei Célestine entschuldigt und klar zum Ausdruck gebracht, dass das Angebot von Julien ein Alleingang gewesen wäre.

Als Zoe Wind davon bekommen hatte, bedeutete sie ihrer Mutter, dass sie anstelle von Célestine das Angebot angenommen hätte.

„*Das verstehst du nicht, Kind*", hatte Célestine Zoe zur Antwort gegeben, „*dazu bist du einfach noch zu jung.*"

Aber je länger Célestine darüber nachdachte, umso mehr stiegen Zweifel in ihr auf, ob ihre Entscheidung wirklich so klug gewesen war…

*****

Carry-le-Rouet ist eine kleine französische Gemeinde im Departement Bouches-du-Rhône, und liegt in der Region Provence-Alpes-Côte d`Azur.

Das Ferienhaus der Familie Moreau lag etwas oberhalb vom Meer. Julien war mit Claire – nach dem Tod von Madeleine - einige Male hierhergekommen, in der Hoffnung, es könnte sie auf andere Gedanken bringen.

Aber es funktionierte nicht. Claire ging fast nie aus dem Haus, und wenn sie es einmal tat, dann ging sie hinunter zum Strand und starrte auf das Meer.

Julien folgte ihr jedes Mal heimlich, getragen von der Angst, Claire könnte sich etwas antun. Irgendwann fuhren sie nicht mehr hierher, und Julien erteilte einem vertrauenswürdigen Dorfbewohner den Auftrag – gegen Bezahlung natürlich - sich während ihrer Abwesenheit um das Haus zu kümmern.

Die kleine Familie war mit dem Flugzeug bis Marseille geflogen. Von dort holte sie Philippe, der Sohn des Mannes, der sich um das Ferienhaus kümmerte, mit einem bordeauxroten Mercedes-Benz 280 SE vom Flughafen ab.

Es war das Auto des Professors, welches Philippe während der Abwesenheit des Professors immer wieder einmal aus der Garage holte, um es zu bewegen.

Als Julien Philippe sah, fragte er ihn, ob es dem Vater nicht gut ginge, da er nicht selbst gekommen war.

„Doch, doch, Herr Professor", antwortete Philippe, *„Papa musste zum Zahnarzt, und daher bat er mich Sie an seiner Stelle abzuholen."*

Julien hatte den Vater von Philippe rechtzeitig von seinem Kommen informiert und ihn gebeten, sein Schmuckstück auf Vordermann zu bringen, und ihn damit vom Flughafen abzuholen.

„Ein Mercedes, wie unfranzösisch", waren die ersten Worte von Zoe, als sie das Auto sah, *„gehört der etwa dir?"*

„Mag sein, aber ein Kunstwerk deutscher Automobilbaukunst", entgegnete Julien, *„und ja, dieses Prachtstück gehört mir."*

„Du bist schrecklich, Zoe", sagte Célestine, *„das Auto ist wunderschön."*

„Und du musst ja nicht mitfahren, wenn du nicht willst", fügte Julien hinzu, *„du kannst ja auch ein Taxi nehmen oder den Zug."*

„Das geht nicht", entgegnete Zoe, *„ich muss doch darauf aufpassen, dass der junge Mann nicht zu schnell fährt."*

Philippe, der ganz offensichtlich das Interesse bei Zoe geweckt hatte, grinste und sagte:

„Keine Angst, Mademoiselle, ich werde die kostbare Fracht ganz behutsam und sicher ans Ziel bringen."

Célestine wunderte sich einmal mehr über die flapsige Art und die Wortwahl, derer sich die jungen Leute bediente. Obwohl sie immer wieder durch Zoe damit konfrontiert wurde, konnte sie sich nicht daran gewöhnen.

Von Marseille bis zum Ferienhaus waren es nur vierzig Kilometer, und so dauerte die Fahrt gerade einmal eine knappe Dreiviertelstunde.

Célestine und Zoe staunten nicht schlecht, als sie angekommen waren und vor dem „Maison Du Soleil" standen. Den Namen hatte einst Claire ausgesucht, als sie und Julien glückliche Tage hier verbrachten.

Dass die Sonne einmal je für sie untergehen würde, hätte keiner von beiden geglaubt. Aber genau das passierte, nachdem die kleine Madeleine damals gestorben war.

Das Haus war groß, mit vielen Zimmern und zwei Bädern. Und es hatte einen direkten Zugang zum Meer. Philippe, sein Vater und seine Mutter hatten alles für die Ankunft des Professors und seine Gattin hergerichtet.

Dass sie jedoch noch zwei Gäste mitbrachten, war ihnen nicht bekannt. So richteten sie geschwind zwei weitere Zimmer her, nachdem ihnen Célestine und Zoe als neue Familienmitglieder vorgestellt worden waren.

*****

Das bekannteste Fischgericht in der Provence ist die Bouillabaisse aus Marseille, eine Fischsuppe, in die verschiedene Fischsorten gehören. Unter anderem findet man oft Kabeljau, Seezungenfilet, Lachs, Seebarsch und Seeteufel.

Und genau diese Köstlichkeit hatte Madame Rimbaud, die Mutter von Philippe, vorbereitet. Sie servierte sie mit den Worten:

„Sie werden sicher Hunger haben nach der langen Reise".

Dass der Flug Paris Marseille gerade einmal eine gute Stunde dauerte, und sich die damit verbundene Belastung in Grenzen hielt, spielte für Madame Rimbaud keine große Rolle.

Nach dem köstlichen Mahl, zogen sich alle in ihre Zimmer zurück, um ihr Gepäck auszupacken und sich einzurichten.

Als Célestine einen Blick aus dem Fenster ihres Zimmers warf, war sie überwältigt. Sie sah den herrlichen Sandstrand und die Wellen, die sich sanft auf das Ufer zu wälzten, um sich dort genüsslich auszustrecken.

Aus dem Nachbarzimmer, welches von Zoe bezogen wurde, hörte sie einen Schrei. Zoe stand ebenfalls an ihrem Fenster und ließ ihrer Begeisterung freien Lauf.

Célestine lehnte sich aus ihrem Fenster und sah zu Zoe hinüber.

„Ist das nicht herrlich?", sagte sie zu ihrer Tochter, und Zoe antwortete:

„Es ist paradiesisch, Mama, und es gehört uns."

Célestine zuckte zusammen. Es tat ihr weh, was Zoe sagte. Natürlich war es eine Tatsache, dass dieses herrliche Anwesen ein Geschenk von Julien und Claire war, und dass es ihnen rein rechtlich auch gehörte.

Und dennoch. Célestine wäre es lieber gewesen, wenn ihre Tochter das Gesagte gedacht und nicht laut hinausposaunt hätte. Aber so war Zoe nun einmal, und sie war ihr Kind. Und Célestine liebte dieses Kind mehr, denn alles andere.

„Ich geh zum Strand“, rief Zoe zu Célestine herüber, *„möchtest du mitkommen?“*

„Nein, jetzt nicht“, antwortete Célestine, *„vielleicht später.“*

Célestine zog es vor, nach Claire zu sehen und sich nach ihrem Wohlbefinden zu erkundigen. Sie fragte sich, was in Claire vorgehen musste, nach so vielen Jahren Abwesenheit.

„Wie gefallen dir und Zoe die Zimmer?“

Mit diesen Worten empfing Claire Célestine. Sie hatte sich auf ihr Bett gelegt, um ein wenig auszuruhen. In ihrem Gesicht konnte man deutlich Spuren der Hitze erkennen.

Bevor Célestine auf die Frage von Claire antwortete, ging sie zum Fenster, um es zu öffnen.

„Lass es bitte zu, Célestine“, sagte Claire und Célestine entgegnete;

„Ich dachte nur, ein wenig frische Luft könnte dir guttun.“

„Das ist lieb von dir, Célestine“, sagte Claire, *„aber ich mag es lieber, wenn das Fenster zu ist. Dann ist es ruhiger.“*

„Soll ich lieber wieder gehen?“, fragte Célestine.

„*Nein, mein Kind*", antwortete Claire, „*komm bitte und setze dich ein wenig zu mir.*"

Der Tonfall von Claire löste bei Célestine eine leichte Unruhe aus.

„*Geht es dir nicht gut?*", fragte Célestine, „*kann ich irgendetwas für dich tun?*"

„*Nein*", antwortete Claire, „*bleibe einfach nur ein wenig bei mir.*"

Célestine hatte sich auf das Bett von Claire gesetzt und hielt ihre Hand. Sie sah in Claires Gesicht und glaubte eine gewisse Müdigkeit darin zu erkennen.

Claire lächelte, als könne sie in Célestines Gedanken lesen und sagte:

„*Mache dir bitte keine Sorgen, mein Kind; ich bin nur ein wenig erschöpft von der Reise.*"

Célestine fuhr mit ihrer Hand über Claires Stirn, so wie das eine Mutter mit ihrem Kind macht.

„*Ich mache mir aber Sorgen*", sagte Célestine, *ich habe das Gefühl, dass dich irgendetwas bedrückt.*

„*Es ist erstaunlich, wie gut du mich kennst*", antwortete Claire mit einem feinen Lächeln und dann erleichterte sie ihr Herz:

„*Bei mir wurde vor Jahren <NHL> festgestellt. Das ist die Bezeichnung für <Non-Hodgkin-Lymphom>. Es wurde behandelt und scheinbar auch geheilt.*

Mein Lymphom war von niedrigmaligner Art. Das be-
deutet, dass die Metastasierungsfrequenz zwar extrem nied-
rig ist, dafür die Wahrscheinlichkeit einer Rezidivierungs-
rate sehr hoch.

Und genau das ist vor zwei Wochen bei mir festgestellt
worden. Der Krebs ist wieder zurück. Meine Leber ist so
groß wie ein Fußball, obwohl ich in meinem Leben kaum
Alkohol getrunken habe."

Aus Célestines Gesicht war jegliche Farbe gewichen
und Tränen füllten ihre Augen.

„Mein Gott, das ist ja furchtbar", sagte Célestine mit
tränenerstickter Stimme. *„Kann man das nicht wieder hei-*
len?"

„Ich glaube nicht", antwortete Claire, *„aber das ist*
nicht so schlimm."

„Nicht so schlimm?", wiederholte Célestine. Da erzählte ihr eine Frau, dass sie voraussichtlich bald sterben würde
und sagte, „es sei nicht so schlimm."

Célestine konnte es nicht ertragen. Sie stürzte weinend
aus dem Zimmer und direkt in die Arme von Julien.

„Hast du das gewusst?", schrie sie ihn an.

„Was meinst du?", fragte Julien völlig überrascht.

„Dass Claire bald sterben wird", antwortete Célestine
in unvermindert heftigem Tonfall.

„Beruhige dich erst einmal", sagte Julien und wollte
Célestine an den Armen festhalten.

Célestine riss sich los und fragte noch einmal:

„Hast du das gewusst? Ja oder nein!"

„Ja, Célestine", antwortete Julien, *„ich weiß es."*

Julien nahm Célestine in die Arme, und dieses Mal ließ sie es zu. Sie schmiegte ihren Kopf an seine Brust und ließ ihren Tränen freien Lauf.

Nachdem sie sich einigermaßen beruhigt hatte, sagte Julien:

„Geh wieder zu ihr hinein; sie braucht deine Nähe."

Célestine nickte und ging zurück ins Zimmer. Claire empfing sie mit den Worten:

„Es tut mir leid, ich wollte dich nicht erschrecken."

„Mir tut es leid", sagte Célestine, *„verzeih mir bitte, dass ich mich so töricht verhalten habe."*

„Da gibt es nichts zu verzeihen", entgegnete Claire, *„es ist alles gut. Komm, setzt dich wieder zu mir."*

Als Célestine sich auf das Bett gesetzt hatte, nahm Claire sie in die Arme.

„Ich bin froh, dass du bei mir bist; es bedeutet mir sehr viel. Und du musst auch nicht traurig sein, mein Liebling. Ich hatte ein wunderbares Leben mit einem tollen Mann. Und jetzt habe ich sogar noch eine Tochter und ein Enkelkind dazu bekommen."

Es war das erste Mal, dass Claire sie so nannte, und es störte Célestine nicht im Geringsten. Auch nicht, dass

Claire sie und Zoe als „Tochter und Enkelkind" bezeichnete.

Es folgte ein langes Schweigen. Claire hielt Célestine noch immer in ihren Armen, und ihre beide Seelen verschmolzen zu einer Einheit.

„*Darf ich dich um etwas bitten?* ", unterbrach Claire die Stille.

„*Alles was du willst*", antwortete Célestine.

„*Kümmerst du dich um Julien, wenn ich nicht mehr bin?* "

Célestine drohte ohnmächtig zu werden. Gerade hatte sie sich von dem ersten Schock erholt, da folgte auch schon der zweite.

War das Gespräch über einen drohenden Tod nicht spurlos an ihr vorübergegangen, drohte jetzt ein Gespräch über die Zeit nach dem Tod ihr die Sinne zu rauben.

Sie musste stark an sich halten, um nicht erneut das Zimmer zu verlassen. Sie nahm stattdessen all ihre Kraft zusammen und fragte:

„*Was meinst du damit?* "

„*Mein lieber Gatte weiß zwar unglaublich viel über das Leben und seinen Sinn; aber wie man es lebt, da hat er große Defizite.*"

Claire hatte diese Worte mit einem Lächeln untermauert, das schon fast an ein Lachen grenzte, und Célestine konnte sich dem nicht verschließen.

Ihre unendliche Traurigkeit machte eine kleine Pause und beugte sich dem Humor des gerade eben Gesagten.

Claire nutzte das und fuhr fort:

„Es wäre ein großes Geschenk für mich zu wissen, dass ihr auf meinen geliebten Julien schaut, und ihm zumindest in der ersten Zeit darüber hinweghelft, dass ich ihn nicht mehr weiter begleiten kann."

„Ich verspreche dir, Julien wird nicht allein sein", antwortete Célestine, *„wir werden für ihn da sein."*

„Das habe ich gewusst", antwortete Claire, *„und ich danke dir von Herzen. Und jetzt mach bitte das Fenster auf, damit der Mief der düsteren Gedanken hinausgeweht wird."*

Die nächsten Tage verliefen in großer Harmonie. Das Gespräch mit Claire war wie ein Gewitter: Zuerst stürmisch und Angst machend, danach reinigend und besänftigend.

Célestine hatte Zoe über das Gespräch informiert. Auch sie nahm es mit großer Trauer und unter Tränen auf. Jetzt saßen sie alle zusammen vor dem Haus und genossen den herrlichen Sommertag.

„Wer geht mit zum Strand?", fragte Zoe die Anwesenden. Célestine sagte zu und auch Julien, der sich anfänglich ein wenig zierte. Es war das erste Mal, dass Célestine zum Schwimmen ging und das, obwohl sie schon über eine Woche hier waren.

„Das Wasser ist herrlich", sagte Célestine, die sich genüsslich von den Wellen tragen ließ. Nach einer Weile schwamm sie zurück zum Ufer und ließ sich neben Julien

nieder, der sich bisher erfolgreich gegen das Betreten des Mittelmeers geweigert hatte.

„Bist du etwa wasserscheu?", fragte Zoe, die zwischenzeitlich auch aus dem Wasser gestiegen war und ihr nassen Haare schüttelte, um dadurch Wassertropfen auf Julien zu schleudern.

„Ich bin nicht wasserscheu", antwortete Julien, *„ich habe nur kein Badegewand."*

Zoe, die sich sichtlich über die Bezeichnung „Badegewand" amüsierte, sagte:

„Dann fahren wir noch heute nach Marseille und kaufen für meinen lieben Großpapa ein Badegewand."

Célestine musste lachen über die joviale Art ihrer Tochter. Sie hatte sich in letzter Zeit fast ein wenig damit angefreundet, zumal weder Julien noch Claire daran Anstoß nahmen.

„Du brauchst gar nicht zu lachen", sagte Zoe zu ihrer Mutter gewandt, *„du bekommst auch ein neues Badegewand verpasst, einen schicken Bikini."*

„Das kannst du vergessen, junges Fräulein", antwortete Célestine, *„ich bleibe bei meinem Einteiler."*

„Aber wieso?", fragte Zoe, *„du hast doch noch eine tolle Figur für dein Alter. Findest du nicht auch, Großpapa?"*

„Du freches Ding", sagte Célestine, *„hast du denn gar keinen Respekt vor deiner alten Mutter?"*

„Ich finde, sie hat recht", mischte sich jetzt Julien ein. *„Wenn du dir keinen Bikini kaufst, dann will ich auch keine neue Badehose."*

„Das ist Erpressung", entgegnete Célestine.

„Mag ja sein", sagte Zoe, *„aber es ist für einen guten Zweck."*

Célestine gab sich geschlagen und schon kurze Zeit später fuhren sie im bordeauxroten Mercedes-Benz 280 SE nach Marseille, um für die älteren Herrschaften neue Badegewänder zu kaufen.

Célestine machte in dem Geschäft einen letzten verzweifelten Versuch sich gegen den Kauf eines Bikinis zu wehren, ergab sich aber sehr schnell ihrem Schicksal.

Als sie vom Einkauf zurückkamen, nicht ohne sich davor noch im „Palais de Glace" den himmlischen Eisköstlichkeiten hingegeben zu haben, wurden sie von Philippe mit den folgenschweren Worten erwartet:

„Ich habe für euch die Sauna eingeheizt."

Célestine schluckte. Sie hatte Zoe schon mehrmals einen Korb erteilt, wenn diese sie mit in eine Sauna schleppen wollte, und jetzt das.

„Das ist ja prima", sagte Zoe, *„dann ziehen wir uns schnell um und treffen uns in der Sauna. Und kneifen gilt nicht."*

Célestine schaute zu Julien, und in seinen Augen spiegelte sich ihr eignes Unbehagen wider. Und wie ferngelenkt sagte sie zu Julien:

„Dann sehen wir uns gleich in der Sauna wieder."

Und damit hatte sie sich und Julien den Rückweg abgeschnitten.

Die Sauna war geräumiger, als Célestine befürchtet hatte. Da saßen sie nun, im Schweiße vereint, und lächelten einander zu.

Zoe wie Gott sie schuf, Célestine mit einem Badetuch bis zum Hals hinauf umschlungen, und Julien das Tuch um seine Lenden geknüpft.

Zoe versuchte ihre Mutter durch Gesten dazu zu bewegen, sie möge ihr Badetuch ablegen. Célestine tat jedoch, als bemerkte sie die Botschaft ihrer Tochter nicht.

„Ihr müsst eure Badetücher ablegen", sagte Zoe in honigsüßem Ton, *„sonst könnt ihr nicht richtig schwitzen. Und außerdem provoziert ihr durch den Hitzestau einen Kreislaufkollaps."*

Gegen so viel Fürsorge war nun schwerlich ein Gegenmittel zu finden, und so taten Célestine und Julien, wie ihnen geraten ward.

Julien hatte die Hippiezeit genüsslich miterlebt, und er hatte sich ihr damals bereitwillig hingegeben. Unbekümmerte Nacktheit und freie Liebe waren das Gesetz der Stunde.

Aber jetzt als gesetzter Herr und Professor an der Universität war das etwas ganz anderes. Während Célestine ihr Badetuch ganz geöffnet hatte und ihre Nacktheit preisgab, lockerte Julien seine textile Hülle nur so weit, dass ein Rest davon noch seine Männlichkeit bedeckte.

Hätte er geahnt, dass so etwas passieren würde, hätte sich Julien ganz sicher nicht vis-à-vis von den beiden Frauen platziert.

Ganz ähnliche Gedanken dürften auch Célestine durch den Kopf gegangen sein, denn sie hielt ihren Blick schamhaft gesenkt.

Julien versuchte krampfhaft seinen Blick nicht auf sein nacktes Gegenüber zu richten, aber er schaffte es nicht. Der wohlgeformte Körper von Célestine zog seinen Blick an wie ein Magnet.

Und dann passierte es. Ein Gefühl regte sich in ihm, das er schon sehr viele Jahre nicht mehr verspürt hatte. Es durchströmte seinen ganzen Körper und manifestierte sich in der Gegend seiner Lenden.

Zoe, welche die wachsende Unruhe bei Julien bemerkt hatte und auch dessen ansteigende Gesichtsröte, konnte es sich nicht verkneifen zu sagen:

„Geht es dir nicht gut, Großpapa, du wirst ganz rot im Gesicht. Ist es dir vielleicht zu heiß?"

Julien stand hastig auf, um die Saunakammer zu verlassen, und zu allem Übel fiel ihm das Badetuch dabei herunter. Nun war es offenbar, woher die rote Gesichtsfarbe stammte.

Julien stürmte hinaus, kletterte die Aluminiumleiter hinauf und hüpfte mit einem Satz in den großen Holzbottich, der neben der Sauna aufgestellt war.

Es handelte sich um ein altes, sehr großes Weinfass, das zu Hälfte abgeschnitten war und in ein Tauchbecken für die Sauna umfunktioniert wurde.

Das kühle Nass erfüllte auch prompt seinen Zweck. Der übermotivierte Körper wurde wieder in seinen Normalzustand zurückversetzt.

Kurz darauf kamen auch die beiden Damen aus der Sauna und stiegen ebenfalls in den Bottich. Julien hatte sich bereits verdrückt und war an diesem Abend nicht wieder aufgetaucht.

*****

Zoe und Philippe hatten sich angefreundet. Sie verbrachten viel Zeit miteinander und fuhren mit einem Citroën 2CV, dem Auto von Philippe durch die Gegend.

Dieses Lieblingsauto junger Leute wird in Frankreich „Deux chevaux" (zwei Pferde) genannt und in der Schweiz „Döschwo", was der französischen Bezeichnung sehr nahekommt.

Dass man in Deutschland und in Österreich dieses Gefährt „Ente" nennt, stammt aus den Niederlanden. Als ein Journalist das Auto 1948 zum ersten Mal sah, bezeichnete er es als „de lelijke eend", was so viel wie „das hässliche Entlein" bedeutet, nach dem gleichnamigen Märchen von Hans Christian Andersen.

Philippe arbeitete als Automechaniker in einer Garage in Marseille. Er hatte es bis zum Meister gebracht und sparte für eine eigene Werkstatt in seinem Heimatort.

Ihm war es auch zu verdanken, dass der Mercedes von Julien so gut in Schuss war.

„Heute fahren wir zu den Sümpfen von Vigueirat."

Mit dieser Ansage überraschte Julien Célestine beim Frühstück.

„Was ist das?", fragte Célestine.

„Das ist eine von der UNESCO geschützte, einzigartige Pflanzen- und Vogelwelt", antwortete Julien, *„und sie wird dir sicher gefallen."*

„Fährt Claire auch mit?", fragte Célestine.

„Nein", antwortete Julien, *„sie möchte lieber zuhause bleiben, in der Sonne sitzen und ein Buch lesen."*

„Das ist schade", antwortete Célestine, und Julien fügte hinzu:

„Sie kennt es schon, wir waren früher öfter dort. Ich habe auch Zoe gefragt, aber sie hat abgelehnt."

„Das hätte ich dir früher sagen können", sagte Célestine mit einem Lächeln. *„Verliebte bleiben lieber unter sich."*

„Muss Philippe nicht arbeiten?", fragte Julien.

„Nein, er hat Urlaub genommen", antwortete Célestine.

„Dann fahren wir eben allein, es sei denn, du möchtest das nicht", sagte Julien.

Célestine sah Julien etwas verwundert an und fragte dann:

„Warum sollte ich das nicht wollen?"

„Ich weiß nicht", antwortete Julien, *„einfach nur so."*

Célestine gab sich mit dieser Antwort zufrieden, und kurze Zeit später fuhren sie los.

„Ich möchte mit dir über den peinlichen Vorfall in der Sauna sprechen", sagte Julien, nachdem sie ein paar Kilometer gefahren waren.

„Das ist nicht nötig", entgegnete Célestine.

„Aber es ist mir wichtig", antwortete Julien.

„In Ordnung", sagte Célestine.

Julien atmete einige Male tief durch, bevor er begann:

„Ich liebe Claire über alles, und deshalb schäme ich mich auch so sehr. Meine Frau geht unabwendbar auf den Tod zu, und ich lasse mich durch den Anblick einer anderen, nackten Frau in Erregung versetzen."

Célestine dachte einen Augenblick lang nach, dann sagte sie:

„Was ist dir in diesem Moment durch den Kopf gegangen?"

„Nichts", antwortete Julien, *„ich hatte keinerlei schmutzige Gedanken dabei, wenn du das meinst."*

„Das habe ich mir gedacht, lieber Julien, und deshalb ist an dem Geschehen nichts Verwerfliches, sagte Célestine. *„Und du hast auch überhaupt keinen Grund dich zu schämen, geschweige denn dich zu entschuldigen."*

„Ist das dein Ernst?", fragte Julien überrascht.

„Mein völliger Ernst", sagte Célestine, *„und jetzt lass uns das Ganze vergessen und den schönen Tag genießen."*

Nach einer Stunde Fahrt mit offenem Verdeck waren sie am Ziel angekommen:" Les Marais du Vigueirat."

Julien buchte eine Rundfahrt mit einer Kutsche, welche sie über das höhergelegene Gelände des Gutes führte, das den Camargue-Stierherden als Weideland dient.

Sie begegneten einigen „Gardians", die ihnen freundlich zuwinkten. Das sind Männer, welche auf ihren Camargue-Pferden die Stiere und Rinder hüten.

Diese Pferde sind bei ihrer Geburt dunkelbraun bis schwarz. Erst mit etwa zehn Jahren erreichen sie ihre charakteristische, weiße Farbe. Ihre Hufe sind überdurchschnittlich groß, um ein Einsinken im Sumpf zu verhindern.

Célestine musste während der Fahrt mit der Kutsche immer wieder an das Gespräch im Auto denken. Sie fragte sich, ob Claire nicht absichtlich zuhause geblieben war.

Vielleicht lag ihre Absicht darin – in dem Bewusstsein, dass sie bald sterben würde - sie und Julien einander näherzubringen.

„Einen Penny für deine Gedanken", sagte Julien, als er in das gedankenversunkene Gesicht von Célestine blickte.

„Nichts Besonderes", antwortete Célestine, *„ich bin nur beeindruckt von diesen Reitern und ihren schönen Pferden."*

„Wir könnten nachher noch Tiere, Blumen und Pflanzen auf dem zweieinhalb Kilometer langen <Palunette-Pfad>

durch das Feuchtgebiet erkunden, wenn du möchtest", sagte Julien, „und wenn es dir nicht zu viel ist."

„Sehr gern", antwortete Célestine, „aber allmählich bekomme ich Hunger."

„Wir könnten jetzt eine Kleinigkeit zu uns nehmen und später richtig essen gehen", sagte Julien. „Es gibt eine kleine Schänke, die <Guingette des Marais>, wo man regionale, biologische Snacks bekommt."

„Das ist perfekt", stimmte Célestine zu, „das machen wir."

Die Führung durch das Feuchtgebiet war ein ganz besonderes Erlebnis. Von rosa Flamingos, über viele Reiherarten, wie Rohrdommel, Rallenreiher, Purpurreiher, bis hin zu diversen Möwen und Säbelschnäblern bot sich den Besuchern eine Vielfalt von Vögeln dar.

„Das war ein unbeschreibliches Erlebnis", sagte Célestine, als sie wieder im Auto saßen, „ich danke dir sehr."

Sie beugte sich zu Julien und gab ihm einen Kuss auf die Wange.

„Und jetzt gehen wir fein speisen", sagte Julien, sichtlich verwirrt durch die liebevolle Geste von Célestine.

„Wärst du mir böse, wenn wir gleich nachhause fahren würden?", fragte Célestine und fügte hinzu:

„Ich bin etwas müde und ich habe auch gar keinen Hunger."

„Natürlich nicht", antwortete Julien.

Als sie zuhause angekommen waren, schaute Julien sogleich nach Claire. Claire empfing ihn mit den Worten:

„Wie war der Ausflug? Hat er Célestine gefallen?"

„Sehr sogar", antwortete Julien, *„nur schade, dass du nicht mitgekommen bist."*

„Ich hatte auch hier einen schönen Tag", antwortete Claire und fragte:

„Und? Ist alles noch so wie früher?"

Julien wollte schon antworten: *„Es ist nichts mehr so wie früher",* sagte aber stattdessen:

„Größtenteils schon, es gibt jetzt statt einer Würstchenbude eine Schänke, wo man auch sitzen kann. Und was hast du den ganzen Tag über gemacht?"

„Nichts Besonderes", antwortete Claire, *„die Sonne genossen, gelesen und geschlafen."*

„Geht es dir gut?", fragte Julien.

Claire sah Julien einen Moment lang an, lächelte dann und antwortete:

„Es geht mir gut. Es geht mir sogar sehr gut, weil ich dich, Célestine und Zoe habe. Ich bin eine reiche Frau."

Julien musste schlucken. Vor ihm saß eine Frau, den drohenden Tod schon im Nacken spürend, die sagte, dass es ihr gut ginge und dass sie eine reiche Frau sei.

Er ging hin zu Claire, umarmte sie und sagte:

„*Ich liebe dich, du wunderbare Frau!*"

Und Claire antwortete:

„*Du warst mir zeitlebens ein großes Geschenk; ich danke dir von ganzem Herzen.*"

*****

Wenige Woche nach der Rückkehr nach Paris, bat Zoe ihre Mutter um ein Gespräch.

„*Ich muss dir etwas sagen*", begann Zoe in gedämpftem Tonfall.

„*Ist etwas passiert?*", fragte Célestine besorgt.

Zoe hatte sichtlich Mühe auf die Frage zu antworten.

„*Jetzt sag schon*", drängte Célestine ihre Tochter, von der sie eine solche Zurückhaltung nicht gewohnt war.

Zoe bemühte sich um ein Lächeln, als sie in keckem Tonfall antwortete:

„*Du wirst Großmama.*"

„*Was?*", entfuhr es Célestine entsetzt, „*du bist schwanger?*"

„*Ja, Mama*", antwortete Zoe, wieder in ihren alten Tonfall zurückfallend.

„*Und weiß es Philippe?*", fragte Célestine und fügte hinzu:

„*Ich nehme doch an, dass er der Vater ist.*"

„*Ja, er ist der Vater*", sagte Zoe, „*und nein, er weiß es noch nicht.*"

„*Und warum sagst du es ihm nicht?*", fragte Célestine.

„*Weil ich erst mit dir darüber reden wollte, allerliebste Mama*", antwortete Zoe.

Célestine musste ein Lächeln unterdrücken. So nannte Zoe sie immer, wenn sie als Kind etwas ausgefressen hatte. Und jetzt gerade stand Zoe vor ihr wie ihr kleines Mädchen, das nicht mehr weiterwusste.

„*Und was genau erwartest du von mir?*", fragte Célestine.

„*Nichts, Mama*", antwortete Zoe.

„*Und wieso reden wir dann jetzt miteinander?*", fragte Célestine, die sich gerade nicht mehr so richtig auskannte.

Zoe umarmte ihre Mutter und sagte:

„*Ich wollte nur, dass du es als erste erfährst, und dass du mir nicht böse bist*", antwortete Zoe.

„*Du dummes Kind*", sagte Célestine, „*warum sollte ich dir denn böse sein?*"

„*Ich weiß nicht*", antwortete Zoe, „*ganz einfach so.*"

Célestine dachte daran, wie es damals war, als sie mit Zoe alleine dastand. Aber dieses Mal war es anders. Zoe würde eine liebende Mutter an ihrer Seite haben und wunderbare Großeltern.

„Wann willst du es Claire und Julien sagen?", fragte sie Zoe und Zoe antwortete:

„Gleich heute Abend, habe ich gedacht."

„Und wann sagst du es Philippe?"

„Wenn ich ihn das nächste Mal sehe; ich möchte es ihm nicht am Telefon sagen. Ich möchte sein Gesicht dabei sehen."

„Du bist ein ganz schlimmes Mädel", sagte Célestine.

„Wieso denn, Mama?", fragte Zoe scheinheilig.

„Weil es einen Unterschied macht, ob man sagt <ich möchte sein Gesicht sehen>, oder <ich möchte in sein Gesicht sehen>. Und das weißt du ganz genau."

„Ich habe dich lieb, Mama", sagte Zoe und gab Célestine einen Kuss.

„Ich liebe dich auch, mein Kind", antwortete Célestine und gab Zoe einen Klapps auf den Popo.

*****

Der Zustand von Claire hatte sich wieder verschlechtert. Sie verbrachte fortan die meiste Zeit im Bett liegend. Célestine hatte das Kochen jetzt ganz übernommen.

Einen weiteren Versuch von Julien sich emeritieren zu lassen, hatte Claire erfolgreich abgeschmettert.

„Wenn du den ganzen Tag um mich herumschwänzeln würdest, das wäre nicht gut. Sowohl für dich nicht als auch für mich. Kümmere du dich um deine Studenten. Celestine sorgt sehr gut für mich."

Dieses Statement von Claire duldete keinen Widerspruch, und Julien fügte sich einmal mehr.

„Kann Zoe heute Abend vorbeikommen, sie möchte euch etwas mitteilen."

Es war beim Mittagessen, als Célestine diese Frage stellte.

„Da musst du doch nicht extra fragen", antwortete Julien in einem leicht vorwurfsvollen Ton, *„Zoe gehört doch schließlich zur Familie."*

„Ich dachte nur, dass es für Claire vielleicht zu anstrengend sein könnte", antwortete Célestine entschuldigend.

„Ach was", sagte Julien, *„wir freuen uns doch, wenn Zoe kommt, nicht wahr, meine Liebe?"*

Claire nickte zustimmend. Man konnte deutlich sehen, wie schwach sie war.

Als Zoe am Abend kam, lag Claire in ihrem Bett. Célestine empfing Zoe mit den Worten:

„Großmama Claire geht es nicht so gut, lassen wir sie lieber schlafen."

„Nichts da", erklang da die Stimme aus Claires Schlafzimmer, „einen kleinen Moment, ich komme gleich."

„Warte, ich helfe dir, Großmama", sagte Zoe und ging
zu Claire ins Schlafzimmer. Kurz darauf kamen die beiden
heraus. Claire hatte sich auf Zoe gestützt, die sie zu einem
bequemen Sessel führte.

Zoe wickelte sie in eine warme Decke ein und sagte
dann zu Claire:

„Liebe Großmama, wenn du hörst, was ich euch jetzt
sagen werde, dann wird es dir gleich viel bessergehen."

Claire lächelte. Allein schon der liebevolle Umgang
durch Zoe erwärmte ihre Seele. Erwartungsvoll schaute sie
in ihr Gesicht ob der zu erwartenden Nachricht.

Zoe schaute zu Julien und dann wieder zu Claire.

„Liebe Großeltern, ihr bekommt einen Urenkel."

Claire und Julien schauten mit großen Augen auf Zoe,
und Célestine wunderte sich wieder einmal, mit welcher
Selbstverständlichkeit ihre Tochter Julien und Claire be-
gegnete.

„Das ist eine tolle Neuigkeit", sagte Julien, und Claire
fragte:

„Im wievielten Monat bist du denn, mein Liebling, und
wann kommt der kleine Mensch auf die Welt?"

„Ich bin im vierten Monat", antwortete Zoe, „und es
wird voraussichtlich ein kleines Stierlein werden."

„Du weißt, dass es ein Knabe wird?", fragte Claire.

„Nein", antwortete Zoe, „wie kommst du nur darauf?"

„Du hast doch gerade gesagt, dass es ein Stierlein wird", antwortete Claire.

Zoe lachte und antwortete:

„Liebe Großmama, ich meinte das Sternzeichen Stier und nicht das Geschlecht des Kindes."

Jetzt mussten alle lachen, und der ganze Raum wurde von großer Freude und Hoffnung erfüllt. Aber nur so lange, bis Claire mit Tränen in den Augen sagte:

„Ich wünsche mir so sehr, dass ich die Geburt noch erleben werde."

Und dann tat Zoe etwas, was Célestine ihr niemals zugetraut hätte. Zoe ging hin zu Claire, kniete vor ihr nieder und sagte:

„Höre gut zu, Großmama. Ich sage dir jetzt einen Satz, und du sprichst ihn mir nach:

Ich freue mich auf meinen Urenkel, und ich werde die erste sein, die ihn auf der Welt willkommen heißt!"

Claire nickte und sie lächelte. Zoe hatte ihr dieses Lächeln ins Gesicht gezaubert.

„Nicht nicken, Großmama", insistierte Zoe, „Du musst es selber sagen:

Ich freue mich auf meinen Urenkel, und ich werde die erste sein, die ihn auf der Welt willkommen heißt!"

Und Claire wiederholte diese Worte wie ein Papagei, dem man etwas Neues beigebracht hat.

„Ich möchte dir ein Angebot machen, meine liebe Zoe", mischte sich nun Julien ein.

„Du könntest zu uns ziehen. Du hättest dein eigenes Zimmer, denn Platz ist ja genügend vorhanden. So wärst du näher bei deiner Mama, und Claire und ich könnten auf dich achten."

Zoe schaute zu Célestine. Sie befürchtete, dass ihre Mutter sich übergangen fühlen könnte, und das wollte Zoe ganz sicher nicht.

Ein leichtes Kopfnicken, umrahmt von einem Lächeln enthob Zoe ihrer Sorge und sie antwortete Julien:

„Das ist eine wundervolle Idee, Großpapa; aber wäre das für Großmama nicht zu anstrengend?"

„Ist der Papst katholisch?", scherzte Claire, *„deine Anwesenheit und natürlich die des kleinen Stiers in deinem Bauch wären für mich die beste Medizin."*

Zoe umarmte zuerst Claire, dann Célestine, der sie ein *„ich danke dir, Mama"* ins Ohr flüsterte und dann Julien, dem sie eine Bedingung stellte:

„Ich nehme die Einladung sehr gerne an, Großpapa, aber ich möchte, dass du mich vorher zu Philippe begleitest."

„Und wozu das?", fragte Julien, und Zoe antwortete:

„Damit auch er weiß, was sich in meinem Bauch so tut."

„Soll das heißen, er weiß noch nicht…?"

„Genau das soll es heißen", antwortete Zoe in ihrer gewohnten Unbekümmertheit.

„Aber der Vater ist er schon", sagte Julien, und Zoe ging darauf ein, wie nicht anders zu erwarten:

„Nur bei einer Mutter kann man da sicher sein, dass sie ein Elternteil ist."

Ein mahnender Blick von Célestine bedeutete Zoe unmissverständlich, dass sie einen Gang runterschalten möge.

„Entschuldige bitte, Großpapa, das sind wohl schon die Hormone, die ein wenig verrückt spielen."

Julien lächelte und Célestine konnte nicht umhin sich ihm anzuschließen.

„Warum willst du, dass gerade ich dich zu Philippe begleite?", fragte Julien.

„Weil ich möchte, dass mir ein männliches Wesen zur Seite steht, wenn ich die frohe Botschaft überbringe. Ich kann meinen Vater nicht darum bitten, weil ich nie einen hatte."

Célestine zuckte zusammen. Die letzten Worte ihrer Tochter trafen sie wie Peitschenhiebe. Es war ihr bis zu diesem Zeitpunkt nie bewusst, dass Zoe einen Vater vermisste.

Zoe hatte das bemerkt, und sie eilte sich hinzuzufügen:

„Ich habe meinen Vater aber nie vermisst, weil ich die wunderbarste Mutter auf der Welt habe, die mir all ihre Liebe gegeben hat."

Zoe ging zu Célestine hin und umarmte sie.

„Es tut mir leid, Mama, wenn ich dich verletzt habe. Das wollte ich nicht. Du hast mir immer alles gegeben, und dafür liebe ich dich."

„Und wann hast du gedacht, dass wir den Kindsvater erleuchten sollen?", frage Julien.

Was unsensibel erschien, war der liebevolle Versuch von Julien die aufkeimende Traurigkeit schnell wegzujagen.

„Ich könnte dich nur am Wochenende begleiten, denn ich habe noch vor Weihnachten einige Semesterarbeiten meiner Studenten zu beaufsichtigen."

„Das ist kein Problem", antwortet Zoe, „da genügt ein Tag. Morgens hin und abends wieder zurück."

„Nein, nein", antwortete Julien, „so geht das nicht. Wenn du Philippe informiert hast, dann müsst ihr erst einmal miteinander darüber schlafen."

„Versuchst du gerade eine junge, arme, schwangere Frau zu einer sexuellen Handlung zu nötigen?", nützte Zoe die Steilvorlage von Julien aus.

„Unsinn", sagte Julien, der Zoe nicht sofort durchschaut hatte, fügte dann aber noch schnell hinzu:

„Du weißt ganz genau, wie ich das meine, du schlimmes Mädchen."

„*Danke, Großpapa*", sagte Zoe, gab ihm einen Kuss und fügte hinzu:

„*Dann reisen wir am kommenden Wochenende in die Provence; ich freue mich schon darauf.*"

*****

Als Julien und Zoe in Marseille landeten, wurden sie unübersehbar auf das kommende Weihnachtsfest hingewiesen.

Die Stadt war festlich geschmückt, und vor dem einen oder anderen Geschäft patrouillierte ein „Papa Noël" auf und ab und verteilte Werbeprospekte.

Philippe hatte sie mit dem Auto vom Flughafen abgeholt und war absichtlich mit ihnen durch die Stadt gefahren, um ihnen eine Freude zu bereiten.

„*Warum hast du nicht den Mercedes genommen?*", fragte Julien, der sich etwas eingeengt in Philipps raumsparender „Ente" fühlte.

„*Den habe ich schon eingewintert*", antwortete Philippe, „*ich habe nicht damit gerechnet Sie in diesem Jahr noch einmal zu treffen, Herr Professor.*"

„*Du hast etwas zugenommen, chérie*", sagte Philippe, und Julien verdrehte in einem feinen Anflug von Verzweiflung die Augen.

„*Achte lieber auf den Verkehr*", sagte Julien, was von Zoe dankbar mit den Worten angenommen wurde:

„*Dazu ist es jetzt leider schon zu spät.*"

„*Was meinst du damit, chérie?*", fragte Philippe, was Julien zu einem erneuten Augenverdrehen animierte.

„*Hört auf zu quatschen*", sagte Julien und zu Philippe gewandt:

„*Und du konzentriere dich auf den Verkehr!*"

Ein mahnender Blick zu Zoe veranlasste diese tunlichst das Gesagte unkommentiert zu lassen. Der Rest der Fahrt verlief schweigend.

Als sie beim Haus angekommen waren, sagte Julien zu Philippe:

„*Du holst jetzt deine Eltern und in einer halben Stunde treffen wir uns alle im Salon. Wir haben etwas Wichtiges zu besprechen.*"

Der Tonfall von Julien machte Philippe unmissverständlich klar, dass diese Anweisung unverzüglich und ohne zu hinterfragen auszuführen wäre.

Als Philippe gegangen war, sagte Julien zu Zoe:

„*Ich gehe in den Keller und hole Champagner, und du richtest derweil die Gläser her. Und wenn alle da sind, dann erwarte ich ein ernsthaftes und konstruktives Gespräch.*"

„*Jawohl, mon Général!*", antwortete Zoe, und Julien ließ sie gewähren, in dem Bewusstsein, das sie ihn wohl verstanden hatte.

Wenig später saßen alle versammelt um den großen Tisch im Salon: Das Ehepaar Rimbaud, ihr Sohn Philippe, Julien und die werdende Mutter Zoe.

Als Zoe die frohe Botschaft verkündet hatte, fielen die Reaktionen höchst unterschiedlich aus.

Vater Rimbaud konnte seine Freude nur schwer zeigen, weil er keine solche empfand. Das Enkelkind eines honorigen Professors und der Sohn eines Arbeiters, das passte einfach nicht zusammen.

Mutter Rimbaud, eine etwas rundliche Frau mit einer immerwährenden Freundlichkeit, war völlig aus dem Häuschen. Sie herzte Zoe und sie drohte sie dabei zu erdrücken.

Und der bis vor Augenblicken nichtsahnende, werdende Vater, wurde bei der Verkündung blass wie die Wand und drohte beinahe die Besinnung zu verlieren.

Die Tatsache, dass er Zoe mit keiner Silbe darauf ansprach, warum sie ihn erst jetzt – schon fast an der Hälfte der Schwangerschaft angelangt – auf sein Vaterglück hinwies, ließ den Herrn Professor sich hinterfragen, ob der junge Mann wohl der Richtige für seinen Liebling Zoe sei.

Allein die vor Glückseligkeit sprühenden Augen von Zoe, als sie den Kindsvater umarmte und leidenschaftlich küsste, hießen Julien sich von seinen Zweifeln abzuwenden.

„*Kommen Sie mit mir*", sagte Julien und zog Vater Rimbaud sanft am Arm. Dann gingen die beiden in den Keller.

„Haben wir noch einen von Ihren selbergebrannten Calvados gelagert?", fragte Julien.

Vater Rimbaud nickte und holte den Calvados aus einem Regal. Julien liebte diese Köstlichkeit, und Vater Rimbaud belieferte ihn jedes Jahr damit.

Julien goss den edlen Tropfen in zwei Gläser, von welchen er eines Vater Rimbaud entgegenhielt.

„Ich heiße Julien", sagte der Professor, *„und wie heißt du eigentlich mit Vornamen?"*

Vater Rimbaud, sichtlich verwirrt, antwortete:

„Clément, Herr Professor, ich heiße Clément."

„Also, mein lieber Clément, dann trinken wir jetzt auf Du und Du."

„Das geht doch nicht, Herr Professor", erwiderte Vater Rimbaud mit großer Heftigkeit, *„Sie sind ein Professor und ich nur ein einfacher Arbeiter."*

„Papperlapapp", entfuhr es Julien, *„ich will dir einmal etwas sagen:*

Mein Vater war Maurer, und meine Mutter hat für andere Leute gewaschen und gebügelt, damit ich studieren konnte. Und ich habe mich nicht dafür geschämt, weil es keinen Grund dafür gab.

Und der Mensch ist nicht mehr wert, nur weil er studiert hat. Der Wert eines Menschen misst sich an ganz anderen Dingen. Ich kenne dich schon so viele Jahre, und ich habe dich die ganze Zeit über immer geschätzt.

Jetzt zier dich nicht länger und stoß mit mir an. Und außerdem sind wir ja bald miteinander verwandt. Es sei denn, dein Sohn will meine Zoe nicht zur Frau."

„Dann breche ich ihm jeden Knochen im Leib", sagte Vater Rimbaud.

„Na, siehst du", entgegnete Julien begeistert, *„das meine ich. Auf dein Wohl, mein lieber Clément!"*

Als die beiden nach einigen Gläsern Calvados und mehrere Zigarren mit großer Mühe zurück ans Licht kamen, war in der Flasche nur noch ein kleiner Rest übrig.

Mutter Rimbaud saß mit ihrem Sohn und ihrer künftigen Schwiegertochter noch immer glückselig am Tisch. Als sie die beiden Männer sah, erschrak sie.

Arm in Arm und freudenstrahlend kehrten sie an den Tisch zurück, den sie vor Stunden verlassen hatten. Sie setzten sich nieder, und Julien nahm das vor ihm stehende Champagnerglas in die Hand und sagte zu Madame Rimbaud:

„Und wie ist dein Vorname, meine Schöne?"

*****

„Gibt es hier irgendwo eine Kopfschmerztablette?"

Mit diesen Worten betrat Julien die Küche, in welcher Zoe gerade dabei war das Frühstück herzurichten.

93

„Ich weiß es nicht, Großpapa", antwortete Zoe, „aber ich werde Philippe einmal fragen."

„Ist der noch immer hier oder schon wieder?", brummte Julien.

Zoe sah Julien ungläubig an.

„Philippe hat heute Nacht bei mir geschlafen. Ist doch wohl naheliegend; oder etwa nicht?"

„Natürlich", antwortete Julien, „und die anderen?"

„Wen meinst du damit?", fragte Zoe, die sich gerade sehr über Julien wunderte.

„Na Clément und Madame Rimbaud", antwortete Julien.

„Die haben gestern Abend das Haus fluchtartig verlassen, nachdem du Madame Rimbaud an die Brust gegriffen hast."

Zoe konnte es einfach nicht lassen, die Gelegenheit war zu günstig.

„Was?", entfuhr es Julien, der Zoe mit weit aufgerissenen Augen anstarrte.

„Sag bloß, du kannst dich nicht mehr daran erinnern", legte Zoe genüsslich nach.

„Um Gottes Willen", sagte Julien voller Entsetzen, „bitte Philippe um die Telefonnummer der Rimbauds, ich muss mich sofort bei Madame entschuldigen."

„*Das musst du nicht*", entgegnete Zoe, „*das mit dem Busengrapschen war ein Scherz von mir. Du hast sie nur <meine Schöne> genannt. Und nachhause gefahren sind sie deshalb, weil es schon recht spät war.*"

„*Wie kannst du deinen alten Großpapa nur dermaßen brüskieren; mich hätte beinahe der Schlag getroffen*", sagte Julien, „*das war nicht nett.*"

„*Es tut mir leid, Großpapa*", zeigte Zoe sich reuig, „*es ist einfach über mich gekommen. Tut mir leid. Ich fürchte, das sind die Hormone.*"

„*Du und deine Hormone*", sagte Julien lächelnd, „*und jetzt schau, dass du irgendwie eine Kopfwehtablette auftreiben kannst.*"

Als Julien endlich seine Kopfwehtablette bekommen hatte, nahm er sie sogleich mit einem großen Schluck Kaffee und verabschiedete sich dann mit den Worten:

„*Ich lege mich noch einmal nieder. Wecke mich bitte in einer Stunde, und dann habe ich mit dir und deinem Philippe etwas Wichtiges zu besprechen.*"

Fast zwei Stunden später saßen sich Julien, Zoe und Philippe gegenüber. Zoe hatte Julien schlafen lassen, und Julien war von selbst aufgewacht.

„*Warum hast du mich nicht geweckt, wie ich es dir gesagt habe?*", fragte Julien vorwurfsvoll, „*jetzt bleibt uns nur noch wenig Zeit, wenn wir den Flieger erreichen wollen.*"

„*Dann nehmen wir eben einen Flug später*", antwortete Zoe trotzig, die eher Dankbarkeit erwartet hätte als eine

Rüge. Sie hatte es nur gut gemeint, als sie Julien länger schlafen ließ.

Julien hielt einen Moment lang inne. Er musste daran denken, wie sehr ähnlich Zoe und er sich doch waren. Das imponierte ihm, und er akzeptierte ihre Art, wohl auch, weil er diese junge Frau fest in sein Herz geschlossen hatte.

„Sehen wir erst einmal, wie lange das hier dauert", sagte Julien, der bemerkt hatte, dass Zoe Philippes Hand fest umschlossen hielt. Es war offensichtlich, dass sich Philipp in Juliens Gegenwart gerade nicht sehr wohl zu fühlen schien.

„Kann ich davon ausgehen, dass du Zoe heiraten wirst?", fragte Julien direkt, und bevor Philippe auf die Frage eingehen konnte, hatte Zoe schon wieder das Wort ergriffen.

„Ich denke nicht, dass dich das etwas angeht", sagte Zoe angriffslustig, *„das ist allein eine Sache zwischen Philippe und mir."*

„Du bist jetzt einmal still", sagte Julien zu Zoe in einem Tonfall, den Zoe von ihm noch nie zuvor gehört hatte, und der ihr fast eine wenig Angst machte.

Das war jetzt nicht mehr der liebe Großpapa, der seinem Enkelkind alles durchgehen lässt, das war die Respektsperson Professor Julien Moreau.

„Ich frage dich noch einmal", sagte Julien im selben Tonfall zu Philippe, *„wirst du Zoe heiraten? Ja oder nein?"*

Philippe und Zoe saßen da, wie zwei verschreckte Kaninchen. Philippe sah Zoe an, in deren Gesicht ein großes Fragezeichen zu sehen war. Dann drehte er seinen Kopf herum, streckte ihn förmlich Julien entgegen und sagte:

„Natürlich werde ich Zoe heiraten. Ich liebe sie, und ich freue mich auf das Kind. Und ich werde ein guter Ehemann und ein guter Vater sein."

„Das wollte ich hören", entgegnete Julien, *„dann können wir ja jetzt zum Wesentlichen kommen."*

Zoe strahlte über das ganze Gesicht. Sie gab Philippe einen dicken Kuss und sagte:

„Aber einen richtigen Heiratsantrag machst du schon noch..."

„Natürlich chérie", antwortete Philippe, der sichtlich erleichtert war, zumal der Tonfall von Julien wieder sehr versöhnlich geworden war, der seine Befragung nun fortsetzte.

„Zoe hat mir gesagt, dass du dich irgendwann selbständig machen möchtest."

„Ja, vielleicht in ein paar Jahren, wenn ich genügend Geld zusammen habe", antwortete Philippe.

„Neben dem Haus stehen doch eine alte Scheune und ein Wirtschaftsgebäude", fuhr Julien fort, *„könnte man da eine Werkstatt einrichten?"*

Philippe dachte kurz nach und antwortete dann:

„Mit ein paar Umbauarbeiten müsste es gehen."

„*Und was würde das alles kosten: Maschinen, Werkzeug usw.?*", fragte Julien.

„*Im Moment noch zu viel*", antwortete Philippe, „*aber in drei, vier Jahren könnte es vielleicht gehen, vorausgesetzt, die Bank gibt mir einen Kredit.*"

„*Solange müssen wir nicht warten*", sagte Julien mit einem fröhlichen Grinsen.

Zoe, die zwischen Erstaunen und Entzücken hin und her wankte, fragte:

„*Was meinst du damit, Großpapa?*"

„*Das will ich dir sagen, mein Liebling*", antwortete Julien freudestrahlend, „*den Umbau zu einer Werkstatt übernehme ich. Das wird mein Hochzeitsgeschenk für euch.*

Und außerdem bekommt Philippe einen zinslosen Kredit von mir in Höhe von 30.000 Euro und ohne feste Raten. Er zahlt mir das Geld zurück, so wie er kann."

Philippe schaute Julien ungläubig an. Nachdem er nichts zu dem Angebot sagte, fragte Julien:

„*Sind 30.000 Euro zu wenig?*"

„*Nein, nein*", stieß Philippe hervor, der seine Sprache wiedergefunden hatte, „*das ist mehr als genug*".

„*Dann ist es ja gut*", sagte Julien, und zu Zoe gewandt:

„*Pack schnell unsere Sachen, dann erreichen wir noch den vorgesehenen Flug.*"

*****

Im Haus Nummer 144, in der Rue Barberousse, herrschte rege Betriebsamkeit. Zoe war aus ihrer Studenten-WG ausgezogen, und sie hatte sich bei Julien und Claire schon gemütlich eingerichtet.

Claire genoss es sehr. Sie ließ sich vom Schwung und der Unbekümmertheit von Zoe förmlich mitreißen. Die Zeiten, die sie liegend im Bett verbrachte, wurden immer weniger.

Julien bemerkte es mit großer Freude, und er wurde nicht müde Zoe dafür zu danken.

Im Salon war ein großer Weihnachtsbaum aufgestellt. Er war mit den bescheidenen, wesentlich kleineren Weihnachtsbäumen der Jahre davor überhaupt nicht zu vergleichen.

Zoe hatte bunte Kugeln aufgehängt, was Julien zunächst widerstrebte, denn er liebte seinen alten Baumschmuck, traditionell in Weiß gehalten, und konnte sich mit Zoes Geschmack nicht wirklich anfreunden.

Erst das gute Zureden von Claire ließ ihn seine Ressentiments auf ein Minimum dahinschmelzen. Irgendwann gefiel es ihm sogar.

Zoe tanzte um den Baum herum, während sie ihn schmückte, und sie sang Lieder, die nicht zwingend mit Weihnachten in Einklang zu bringen waren.

Julien schüttelte zwar ein wenig seinen Kopf, tat es aber mit einem Lächeln, denn der Fröhlichkeit von Zoe hatte er einfach nichts entgegenzusetzen. Sie war eine große Bereicherung für Claire, gleichermaßen wie für ihn selber.

Célestine hatte sich gewünscht das Weihnachtsessen selbst zuzubereiten, und sie war von Zoe in ihrem Vorhaben unterstützt worden.

In Anbetracht des gesundheitlichen Zustands von Claire, hatte Célestine beschlossen, anstatt eines üblichen Festtags-Marathons, ein leichteres und bekömmlicheres Menu zu kredenzen.

***

Weihnachtsmenu

Aperitif

Norwegischer Lachs
in der Salzkruste

Gemischter Salat
und Baguette

Käseplatte

Bûche de Noël

***

Dieses französische Weihnachtsgebäck unterscheidet sich vom herkömmlichen Baumkuchen dadurch, dass es ohne Mehl auskommt.

Eine Masse aus Butter, Schokolade und Esskastaniencreme wird in Form eines Holzscheites in Alufolie gewickelt und über Nacht in den Kühlschrank gegeben.

Am nächsten Tag wird mit der Gabel ein Rindenmuster auf dem Gebäck stilisiert und mit Puderzucker bestäubt.

Diese Köstlichkeit ist nicht wegzudenken aus einem Weihnachtsfestessen und es ist auch sehr beliebt.

****

Die Überraschung war groß, als es an der Tür läutete, und Zoe öffnete. Vor ihr stand Philippe, mit einem großen Plüschbären unter dem Arm.

„Joyeux Noël, chérie!"

Philippes Augen leuchteten, als er dies sagte.

Zoe, überrascht und verwirrt zugleich, fragte:

„Ist der für mich?"

„Nein, natürlich nicht", antwortete Philippe, *„der ist für Jean-Luc."*

„Wer ist Jean-Luc?", fragte Zoe, deren Verwirrung kontinuierlich zunahm.

„Unser Sohn, chérie", antwortete Philippe freudestrahlend.

Zoe, sichtlich darum bemüht ihre Fassung wiederzuerlangen, sagte mit gestrengem Ton:

„Erstens wissen wir nicht, ob es ein Sohn oder eine Tochter wird, und zweitens habe ich bei der Wahl des Namens wohl auch noch ein Wörtchen mitzureden."

Philippe, dem gerade die Weihnachtstimmung genommen worden war, antwortete resignierend:

„Ich wollte dir doch nur eine Freude machen, chérie…"

„Das hast du ja auch, Philippe", sagte Zoe, „auch ohne dieses Tier. Jetzt komm erst einmal herein."

Julien hatte das Ganze im Hintergrund verfolgt. Er war es, der Philippe heimlich eingeladen hatte. Auch wenn er an dem Gesamtkonzept Philippe kleine Bedenken hatte - den Pragmatismus von Zoe Philippe gegenüber konnte er nicht gutheißen.

Er nahm sich vor mit seiner Enkelin später ein paar ernste Worte zu wechseln. Jetzt ging er erst einmal hin zu Philippe und hieß ihn willkommen.

„Du darfst dir das nicht so zu Herzen nehmen", tröstete er den werdenden Vater, „Zoe hat wieder einmal so eine Phase; vermutlich die Hormone. Jetzt trinken wir zwei erst einmal einen Grand Marnier, der wärmt Körper und Seele."

Mit einem strafenden Blick auf Zoe, nahm er Philippe beim Arm und zog ihn mit sich in die Bibliothek. Er füllte die Gläser, nahm die Zigarrenkiste und bot Philippe eine an.

„Vielen Dank, Herr Professor", lehnte Philippe ab, „ich bleibe lieber bei meinen Zigaretten."

„Hast du denn schon einmal eine Zigarre geraucht?"

„Nein", antwortete Philippe, der gar nicht bemerkt hatte, dass der Professor ihn geduzt hatte.

„Dann wird es höchste Zeit", antwortete Julien, „ein richtiger Mann raucht entweder Pfeife oder Zigarre."

Philipp, der diese Tatsache weder nachvollziehen konnte noch wollte, hatte jedoch nicht den Mut abzulehnen. Er fügte sich der Weisheit des Professors und steckte sich eine Zigarre an.

„Du gehörst jetzt ja zur Familie", sagte Julien, nachdem sie den ersten Schluck gemacht hatten, „und daher möchte ich dir das DU anbieten."

Philippe wurde in diesem Augenblick leicht mulmig. Ob von dem Gesagten, dem Grand Marnier oder von der Zigarre, vermochte er nicht zu sagen.

Zoe war in die Küche zu Célestine gegangen.

„Philippe ist hier", sagte sie mit tonloser Stimme.

„Aber das ist ja wunderbar", entgegnete Célestine, „hast du gewusst, dass er kommen wird?"

„Nein", antwortete Zoe, „ich glaube, das war die Idee von Großpapa."

„Und? Freust du dich denn gar nicht?", fragte Célestine ihre Tochter, deren Verhalten irgendwie seltsam anmutete.

„Doch, schon", antwortete Zoe verhalten.

„Es sieht aber gar nicht so aus", sagte Célestine, „was ist denn los?"

„*Ich glaube, ich habe mich vorhin dumm verhalten*", antwortete Zoe.

„*Geht das auch ein bisschen genauer?*", fragte Célestine.

Und dann erzählte Zoe ihrer Mutter von dem Plüschbären und von Jean-Luc, dem ungeborenen Sohn, der unter Umständen ein Mädchen sein könnte. Und von ihrer Reaktion darauf.

Célestine nahm Zoe in die Arme und küsste sie.

„*Mein Mädchen*", sagte sie, „*du liebst doch den Vater deines Kindes, oder etwa nicht?*"

„*Doch, sehr sogar*", antwortete Zoe.

„*Na siehst du, dann ist doch alles gut*", sagte Célestine, „*und wo ist Philippe? Ich möchte ihn gern begrüßen.*"

„*Er ist mit Großpapa in der Bibliothek*", antwortete Zoe.

„*Gut, dann gehen wir jetzt dorthin*", sagte Célestine und nahm ihre Tochter beim Arm. Als sie die Bibliothek betreten hatten, sagte Célestine zu Philippe:

„*Da ist jemand, der sich bei dir entschuldigen möchte.*"

Die völlig überrumpelte Zoe wurde hochrot im Gesicht. Sie ging zu Philippe, umarmte ihn und sagte:

„*Es tut mir leid, Toutou, ich habe es nicht böse gemeint.*"

104

„*Ist schon gut, chérie*", antwortete Philippe, und als Julien das hörte, kam ihm in den Sinn, dass es wohl keinen Zweifel darüber gäbe, wer in dieser Ehe später einmal das Sagen haben würde.

Zoe war erstaunt, als sie sah, dass ihr Philippe eine Zigarre in der Hand hielt. Sie konnte es sich nicht verkneifen zu sagen:

„*Wenn du mich heute noch küssen willst, dann mach dieses scheußliche Ding aus.*"

Philippe, welcher der Aufforderung von Zoe unverzüglich nachkam, empfand sie eher als Erlösung, denn als Strafe.

Er dämpfte die kostbare und sicher nicht gerade billige Zigarre unter den strafenden Blicken von Julien aus und folgte Zoe willig in ihr Schlafzimmer, um sich den noch ausstehenden Begrüßungskuss abzuholen.

Als Claire später mit einer Glocke zum Weihnachtsessen rief, versammelten sich alle festlich gewandet im Salon.

Das Zimmer war dunkel, nur der Weihnachtsbaum erstrahlte im hellen Licht der Kerzen.

„*Wir haben die letzten Jahre nicht mehr Weihnachten gefeiert und keine Lieder gesungen.*"

Mit diesen Worten empfing Claire ihre kleine Familie.

„*Umso glücklicher macht es mich, dass ihr heute Abend mit Julien und mir das Fest der Liebe begeht, und ich wünsche mir sehr, dass wir alle gemeinsam singen.*"

Ich habe Julien gebeten die Texte auszudrucken, denn ich weiß nicht, ob ich sie noch alle weiß."

Julien drückte allen ein Blatt Papier in die Hand, auf welchem die Texte von „Les anges dans nos campagnes", „Ô le merveilleux, ô le radieux" und „Douce Nuit, Sainte Nuit" gedruckt waren.

Und dann standen sie um den Baum herum und sangen aus tiefstem Herzen von den Engeln, die singen, von der Fröhlichkeit und der Seligkeit über die Geburt Christi und von der einen, ganz besonderen Nacht.

Diese Nacht, in der fünf Menschen, die das Schicksal zusammengeführt hatte, das Weihnachtsfest feierten, war wirklich eine ganz besondere Nacht.

Und die Tränen in ihren Augen waren Zeichen einer großen Ergriffenheit. Keiner wehrte sich dagegen, denn es waren Tränen des Glücks.

Das anschließende Essen wurde von allen in den höchsten Tönen gelobt. Höhepunkt waren der saftige Lachs und das Bûche de Noël.

Zum Fisch wurde eine Pinot blanc gereicht und zum Käse und zum Dessert ein Muscat de Rivesaltes. Vor dem Essen wurde ein Martini getrunken und nach dem Essen trank man einen Calvados zur besseren Verdauung, den Philippe mitgebracht hatte.

Danach kam die Bescherung.

Célestine bekam ein Smartphone mit der Begründung:

„Damit kannst du nicht nur telefonieren, sondern auch wunderbare Bilder von deinem Enkel machen."

Für Zoe lag ein Kuvert mit einem Gutschein unter dem Weihnachtsbaum. Er war gedacht zum Kauf von Kinderwagen, Kinderbett und Wickelkommode.

Philippe strahlte über das ganze Geschenk. Mit den Worten *„Enttäusche mich ja nicht!"*, überreichte Julien ihm einen Umschlag mit einem Scheck über 30.000 Euro.

Célestine hatte für Claire einen Schal gestrickt und für Julien eine Kiste Zigarren besorgt. Dafür war sie in eine „Bar-Tabac" gegangen und hat sich dort beraten lassen.

Als Julien sein Geschenk inspizierte, musste er heimlich lächeln. Es war nicht gerade ein Spitzenprodukt, das ihn da anlachte, gemessen an der Qualität seiner eigenen Zigarren. Und dennoch freute er sich sehr darüber.

Claire freute sich wohl am meisten über ihr Geschenk. Sie spürte förmlich die Liebe, mit welcher Célestine den Schal gefertigt hatte, den sich Claire sogleich umlegte.

Zoe war beim Fotografen, um ein Portraitfoto von sich machen zu lassen. Sie kaufte einen passenden Silberrahmen dazu und präsentierte beides als ihr Weihnachtsgeschenk für Claire und Julien.

Claire und Julien schenkten einander nichts. Ihr immaterielles Weihnachtsgeschenk saß versammelt im Salon und feierte das Fest der Liebe mit ihnen.

Zoe bekam von Célestine ein Medaillon geschenkt mit den Worten:

„Wenn du das aufmachst, dann sieht du zwei Rahmen für Bilder. In den einen habe ich ein Bild von mir hineingegeben. In den anderen kannst du ein Bild von Philippe und

eurem Kind einfügen. Du kannst mich natürlich auch wieder herausnehmen, wenn du das möchtest."

„*Niemals Mama*", sagte Zoe entrüstet, „*was denkst du denn von mir.*" Dann gab sie ihr einen Kuss.

Claire hatte das alles mit stiller Freude beobachtet. Sie sah die glücklichen Gesichter und sie wünschte sich in diesem Augenblick sehnlichst, ihr möge vom Schicksal noch genügend Zeit geschenkt werden, um ihren Urenkel auf der Welt begrüßen zu können, wie es ihr von Zoe aufgetragen worden war.

„*Wie wäre es mit einem Schluck Champagner?*", fragte sie unvermittelt zum großen Erstaunen aller.

„*Oh, ja*", sagte Zoe, „*das ist eine prima Idee, Großmama.*"

„*Du bekommst aber keinen*", sagte Claire, „*das ist nicht gut für das Kind.*"

„*Auch nicht einen kleinen Schluck? Nur so zum Anstoßen?*", fragte Zoe.

„*Na gut*", antwortete Claire, „*aber nur einen winzigen Schluck, weil Weihnachten ist.*"

Dann stießen sie an auf ein wunderbares Weihnachtsfest, das es so wohl nicht mehr geben würde…

*****

Philippe blieb noch bis zum nächsten Tag. Die Geschenke wären normalerweise erst am 25. verteilt worden, aber weil Zoe mit Philippe auch mit seinen Eltern Weihnahten feiern wollte, hatte man die Bescherung vorgezogen.

Und so verabschiedeten sich die beiden schon am frühen Vormittag. Julien brachte sie noch zum Flughafen. Er wünschte ihnen einen guten Flug und versicherte Zoe, dass er sie am 2. Januar wieder abholen würde.

Silvester verbrachten Claire, Julien und Célestine zuhause. Claire hatte darum gebeten nur ein kleines Silvesteressen zuzubereiten. Ihr Appetit war merklich weniger geworden, und sie verbrachte auch wieder mehr Zeit im Bett.

Es schien, als vermisse sie Zoe. Sie fragte immer wieder einmal, ob sich Zoe gemeldet habe. Célestine schwindelte ein wenig, indem sie Claires Frage bejahte und hinzufügte, Zoe ließe herzliche Grüße für Claire ausrichten.

Am Vormittag von Silvester rief Célestine ihre Tochter an, um ihr zu sagen, sie möge unbedingt im Laufe des Nachmittags anrufen, um mit Claire zu sprechen.

Und wirklich, Zoe rief an und bat Célestine, sie möge Claire das Telefon geben.

„Hallo, Großmama, wie geht es dir?", fragte Zoe.

„Es geht mir gut, mein Liebling", antwortete Claire und ein Leuchten ging ihr dabei über das Gesicht.

„Und wie geht es dir und dem Kind? Ist alles in Ordnung?"

„Ja, Großmama", antwortete Zoe und fügte hinzu:

„Denkst du auch jeden Tag daran, was du mir und dem Kind versprochen hast?"

„Ja, mein Liebling", antwortete Claire, „wie könnte ich das vergessen. Ich bete auch jeden Tag dafür, und dass es dir und dem Kind gutgeht."

„Dann ist es ja gut, Großmama", sagte Zoe. „Ich muss jetzt Schluss machen; aber vorher wünsche ich dir einen guten Rutsch. Und grüße Großpapa lieb von mir. Und in zwei Tagen bin ich wieder bei euch; ich freue mich schon."

„Wir freuen uns auch, mein Liebling", antwortete Claire und reichte Célestine das Telefon, die auf dem Bett sitzend Claire beim Telefonieren beobachtet hatte.

Es schien, als käme frischer Lebensmut durch das Telefon in den Körper von Claire. Ihre Augen bekamen einen frischen Glanz, und ihre Stimme hatte an Festigkeit gewonnen.

„Sie ist ein rechter Goldschatz, unsere kleine Zoe", sagte sie mit einem Lächeln, und Célestine nickte.

So sehr sich Claire bemühte, bis Mitternacht hielt sie nicht durch. Als nur noch wenige Minuten das alte Jahr von dem neuen trennten, fragte Julien, ob er Claire wecken solle.

„Lassen wir sie lieber schlafen", antwortete Célestine, „wir können auch noch morgen mit ihr auf das neue Jahr anstoßen."

Kurz nach Mitternacht rief Zoe an. Im Hintergrund waren Musik und laute Stimmen zu hören.

„Wo bist du?", fragte Célestine und Zoe antwortete:

„*Wir sind zuhause mit ein paar Freunden von Philippe.*"

„*Passt du auch auf mit dem Trinken?*", fragte Célestine besorgt.

„*Aber ja doch, Mama*", antwortete Zoe, „*und jetzt gib mir noch kurz Großmama und Großpapa.*"

„*Großmama Claire schläft*", antwortete Célestine.

„*Geht es ihr nicht gut?*", fragte Zoe erschrocken.

„*Doch, doch*", antwortete Célestine, „*Sie ist nur müde. Warte, ich gebe dir Großpapa.*"

Zoe wünschte Julien ein gutes, neues Jahr, auch im Namen von Philippe, und erinnerte Julien daran, dass er sie am nächsten Tag vom Flugplatz abholen möge.

Célestine und Julien tranken noch ihren Champagner aus und begaben sich dann ebenfalls zu Bett.

*****

Ostern war in diesem Jahr besonders spät. Beinahe wäre der kleine Jean-Luc als Osterhase auf die Welt gekommen. Nur zwei Wochen früher und es hätte geklappt.

Es war tatsächlich ein Junge, und er bekam auch den Namen, den Philippe an Weihnachten vorgeschlagen hatte.

Die vorher geplante Hochzeit war verschoben worden, weil Claires Gesundheitszustand eine solche Strapaze nicht zugelassen hätte. Man beschloss sie im Frühsommer nachzuholen.

Nur wenige Wochen nach der Taufe des kleinen Mannes, zog Zoe zu Philippe.

So überraschend gut Claire und Julien mit dieser neuen Situation umzugehen wussten – *„eine Frau gehört zu ihrem Mann und das Kind braucht seinen Vater"* – umso schwerer fiel es Célestine.

Sie hatte gehofft, Zoe würde bis zur Hochzeit in Paris bleiben und erst danach zu Philippe ziehen. Célestine blieb zwar im ständigen Kontakt mit Zoe, und Zoe schickte auch ständig Bilder von dem kleinen Jean-Luc; aber es war nur ein schwacher Ersatz.

Die Hoffnung, Claires Gesundheitszustand würde sich in der wärmeren Jahreszeit verbessern, geriet ins genaue Gegenteil.

Ihre Schmerzen nahmen ständig zu, und im Verlauf eines der vielen Hausbesuche durch den Hausarzt, Docteur Soumache, bat dieser Julien um ein Gespräch.

Julien hatte Célestine gebeten bei diesem Gespräch anwesend zu sein.

„Wie Sie ja wissen, hat sich der Gesundheitszustand Ihrer verehrten Gattin massiv verschlechtert", begann der Docteur, dem es sichtlich schwer fiel die richtigen Worte zu finden.

„Die Schmerzen von Madame haben inzwischen einen Grad erreicht, wo normale Schmerzmittel nicht mehr ausreichen.

Dadurch bin ich in meiner Funktion als Hausarzt an meinen Grenzen angekommen. Eine weiterführende, sinnvolle Behandlung sollte jetzt ein Hospital übernehmen.

Ich empfehle Ihnen daher das Hospital St-Michel. Das ist ein Sterbehospiz, welches auf Fälle wie diesen eingerichtet ist. Dort wird sie die bestmögliche Behandlung erfahren."

Wenn Sie das wünschen, dann werde ich die notwendigen Schritte veranlassen. Ich kann Ihnen nur nahelegen nicht zu lange mit der Entscheidung zu warten; denn jeder weitere Tag bringt nur unnötige Schmerzen für Madame."

Docteur Soumache blieb noch einen kurzen Augenblick, bevor er die Wohnung verließ. Zuvor hatte Julien ihn gebeten die notwendigen Schritte einzuleiten.

„Ich weiß nicht, wie ich es Claire sagen soll", sagte Julien, *„bin ich ein schlechter Ehemann, weil ich das mache?"*

„Nein", antwortete Célestine, *„du bist kein schlechter Ehemann, und glaube mir, Claire wird das sicher verstehen. Wenn du möchtest, dann sagen wir es ihr gemeinsam."*

„Das ist lieb von dir", sagte Julien, *„aber das möchte ich allein machen."*

*****

Als Julien und Célestine Claire wieder einmal im Hospiz besuchten, waren sie überrascht, wie wohlgelaunt sie von ihr empfangen wurden.

„Ich bin sehr froh, dass ich hier bin, sagte sie, *„ich habe jetzt fast keine Schmerzen mehr, und ich kann jetzt auch viel besser schlafen."*

„Das sind ja wunderbare Neuigkeiten", entgegnete Julien, der gerade eine ungeheure Erleichterung verspürte. In den ersten Tagen nach der Verlegung von zuhause in das Hospiz hatte er sich mit heftigen Selbstvorwürfen gequält.

Selbst die Bemühungen von Célestine ihm das auszureden, vermochten ihn nicht davon abzubringen. Jetzt, da Célestine das hörte, empfand auch sie eine gewisse Erleichterung.

„Wirst du gut behandelt?", fragte sie Claire, und Claire antwortete:

„Ärzte wie Schwestern, alle sind ganz reizende Menschen; und sie behandeln mich wie eine Königin."

„Wir sollen dich ganz lieb von Zoe und Philippe grüßen", fuhr Célestine fort, *„sie wollen dich demnächst besuchen."*

„Das brauchen sie nicht", antwortete Claire, *„ich werde ja bald entlassen und dann fahren wir alle in die Provence und besuchen sie."*

Als Célestine das hörte, schaute sie zu Julien und sah in sein erstarrtes Gesicht. Eine schreckliche Gewissheit tat sich auf.

Das Gespräch eine Weile später mit dem Oberarzt bestätigte ihren Verdacht.

„Ihre Gattin macht bereits eine Wesensveränderung durch", begann Docteur Darrieux seine Ausführungen.

„Bitte, machen Sie sich mit dem Gedanken vertraut, dass mit ihrem Ableben schon sehr bald zu rechnen sein wird. Doch ich kann Ihnen versichern, dass sie nicht leiden wird."

„Aber sie wirkt doch so fröhlich", versuchte Julien das Gesagte von sich zu weisen.

„Der Schein trügt", antwortete der Docteur, *„das sind nur die Medikamente."*

Julien stand auf und verließ ohne Gruß das Zimmer des Oberarztes. Célestine stand ebenfalls auf, murmelte noch ein *„verzeihen Sie bitte!"* und ging Julien nach.

Nur ein paar Meter weiter war die Eingangstür zu einem kleinen Gebetsraum. Julien war hineingegangen und Célestine folgte ihm. Sie empfand Julien wie ein verirrtes Schaf, das nach seiner Mutter sucht.

Julien hatte sich auf einen Stuhl gesetzt. Er starrte auf die Kerzen, die auf dem kleinen Altar standen und weinte. Célestine setzte sich zu ihm.

Ein älterer Mann hatte die beiden beobachtet. Es handelte sich um einen Geistlichen im Ruhestand, der ehrenamtlich Seelsorge betrieb. Er kam näher und setzte sich neben Julien.

„Der Tod macht den Menschen Angst, weil wir nicht wissen, was er mit uns anstellt. Er kann Freund wie Feind sein, obwohl er stets der gleiche ist.

Stirbt ein Mensch jung und gesund, dann sind wir böse auf den Tod, wenn es jedoch einen alten, kranken Menschen trifft, dann sind wir ihm manchmal sogar dankbar, weil es das Ende eines Leidens betrifft.

Wer ist es denn bei Ihnen, mein Freund?"

Julien schaute zu dem Mann, der neben ihm saß. Er fühlte, dass von diesem Menschen eine Kraft ausging, die tief in seine Seele eindrang.

„Es ist Claire, meine liebe Frau", antwortete Julien, der zu weinen aufgehört hatte.

„Dann werden wir jetzt für sie ein Gebet sprechen", sagte der Geistliche und begann:

„Notre Père qui es aux cieux…"

Célestine faltete ihre Hände und schloss sich an. Juliens Lippen bewegten sich, aber es kam kein Ton heraus.

Noch während sie das Gebet sprachen, das wohl in der gesamten Christenheit und in allen Sprachen am meisten gebetet wird, ging die Tür auf, und eine Schwester trat ein.

Sie hatte zuvor gesehen, dass Julien und Célestine den Gebetsraum betreten hatten. Als sie auf Julien zukam, wussten alle, was passiert war.

„Es tut mir sehr leid", sagte sie mit leiser Stimme, *„Ihre Gattin ist soeben verstorben. Wenn Sie bitte mitkommen wollen."*

116

Julien stand auf. Der Geistliche umarmte ihn und gab ihm danach die Hand. Er sagte:

„Lassen Sie den Tod Ihren Freund sein; dann tut es weniger weh. Mein herzliches Beileid!"

Danach gab er auch Célestine die Hand und sagte:

„Auch Ihnen mein herzliches Beileid. Ihre Mutter ist nun bei Gott. Ich werde für Sie und Ihren Vater beten."

*****

Die Einäscherung fand nur wenige Tage später statt. Julien und Célestine waren die einzigen Anwesenden. Zoe und Philippe hatten sie nicht benachrichtigt.

„Wir werden nach der Einäscherung in die Provence fahren und es ihnen persönlich mitteilen."

Mit dieser Begründung hatte Julien die Teilnahme der beiden an der Einäscherung verhindert.

Als Julien eine Woche später Zoe davon in Kenntnis setzte, dass Claire gestorben ist, war Zoes Reaktion sehr heftig.

„Warum habt ihr mir nichts gesagt? Ich hätte gern Abschied genommen von Großmama", sagte Zoe in einem harschen Ton, den Julien nicht erwartet hätte, und noch viel weniger Célestine.

Sie versuchte Zoe zu beruhigen; aber genau das Gegenteil trat ein.

„*Ich bin sehr enttäuscht von dir, Mama*", empörte sich Zoe, „*du hast gewusst, wie sehr nah Großmama und ich uns waren.*

„*Das ging alles sehr schnell*", versuchte Julien die Wogen zu klären, aber auch dieser Versuch lief ins Leere. Zoe verließ – trotzig wie ein kleines Kind – den Raum.

Philippe, der die ganze Zeit das Geschehen wortlos mit verfolgt hatte, zuckte mit den Schultern und folgte dann Zoe nach.

„*Nimm es ihr bitte nicht übel*", sagte Célestine, „*sie meint es nicht so.*"

Und Julien antwortete: „*Vielleicht hat sie ja recht...*"

Als alle am Abend zusammensaßen – Philippes Eltern waren auch gekommen – begingen sie eine Art Gedenken an Claire. Ein großes Bild von Claire aus besseren Tagen stand auf einem kleinen Tischchen, umrahmt von Kerzen.

Zoe, welche wieder aus ihrem Schmollwinkel herausgetreten war, ging zu Julien und küsste ihn auf die Wange.

„*Es tut mir leid, Großpapa, dass ich dich so angegriffen habe, bitte verzeih mir.*"

„*Ist schon gut, mein Liebling*", antwortet Julien, „*es tut mir auch leid. Ich hätte es dir sagen sollen. Entschuldige bitte!*"

Célestine musste unweigerlich daran denken, wie nah Zoe und Julien sich doch waren - zwei Menschen, die sich vor einiger Zeit noch nicht einmal kannten.

Auf dem Tisch standen diverse Pasteten, Baguette und Champagner.

„Es wäre im Sinn von Claire, dass wir essen, trinken und fröhlich sind", sagte Julien. *„Sie hatte durch Zoe und ihre Mutter wieder zurück ins Leben gefunden, und sie konnte sich wieder freuen.*

Lasst uns darauf trinken, dass sie gut in der anderen Welt angekommen ist, und dass sie uns jetzt vielleicht von dort aus zusieht."

„Ich bin sogar sicher, dass sie uns zuschaut", sagte Madame Rimbaud zum Erstaunen aller. Und nach einer kurzen Pause:

„Sie war eine so liebe Frau, es geht ihr sicher gut dort oben."

Dann machten kleinere Geschichten die Runde, welche irgendwie in Verbindung mit Claire zu bringen waren, und beinahe jeder hatte etwas beizusteuern. Nur Philippe hielt sich zurück; er begnügte sich damit zuzuhören.

Am nächsten Morgen zeigte Philippe Julien, wie weit die Umbauarbeiten schon fortgeschritten waren.

„Das ist ja großartig, Philipp", sagte Julien, der sichtlich angetan davon war. *„Wann wirst du die Werkstatt eröffnen? Und hast du schon Mitarbeiter gesucht?"*

„Ich denke, dass ich in ein paar Wochen soweit bin", antwortete Philippe, *„und was die Mitarbeiter betrifft, so hat mir Mathéo bereits zugesagt. Er hat mit mir zusammen in Marseille gearbeitet. Und ein Lehrling wird sich auch noch finden."*

„Das hört sich alles sehr gut an, mein Lieber", sagte Julien, bei dem sich gerade das Bild, das er bisher von Philippe hatte, gewaltig veränderte.

„Ohne Ihre Hilfe, Herr Professor, hätte ich das nie geschafft", erwiderte Philippe.

„Den Professor lassen wir aber weg", sagte Julien in einem herzlichen Tonfall, und fügte hinzu:

„Du weißt doch, wie ich heiße. Oder etwa nicht?"

„Doch, doch", antwortete Philippe sichtlich verlegen. „Kann ich vielleicht Monsieur Julien zu Ihnen sagen?"

„Wenn du das möchtest, dann schon", antwortete Julien leicht amüsiert. „Aber ich darf doch weiter Philippe zu dir sagen, nicht wahr?"

„Sehr gern, Monsieur Julien", antwortete Philippe. Danach setzten sie die Inspektion fort.

In derselben Zeit machten Mutter und Tochter mit dem kleinen Jean-Luc einen Spaziergang. Célestine schob den Kinderwagen mit ihrem Enkel, von dem sie nur schwer den Blick abwenden konnte.

„Er ist so ein süßer, kleiner Knopf", sagte sie, „ich bin sehr froh, dass er gesund ist und dass es auch dir gut geht."

„Ja, er ist ein rechter Sonnenschein", erwiderte Zoe.

„Und wie funktioniert es mit Philippe und dir?", fragte Célestine.

Zoe antwortete nicht gleich. Es machte den Eindruck, dass sie erst überlegen müsste, doch dann sagte sie:

120

„*Philippe liebt mich sehr, und natürlich auch unseren Sohn. Er ist jetzt nicht gerade der Womanizer der Nation, aber ich bin sehr froh, dass ich ihn habe.*"

„*Das freut mich sehr*", antwortete Célestine, „*ich habe das leider nie erfahren dürfen.*"

„*Was meinst du damit, Mama?*", fragte Zoe.

„*Liebe*", antwortete Célestine, „*sie ist mir nie begegnet.*"

„*Auch nicht mit René?*", fragte Zoe überrascht, die das Wort „Vater" tunlichst vermied.

„*Nein, mit ihm schon gar nicht*", antwortete Célestine.

„*Aber ich bin doch da*", sagte Zoe enttäuscht, „*bin ich kein Kind der Liebe?*"

„*Doch mein Liebling, das bist du*", antwortete Célestine, „*du warst und bist das Beste, das mir in meinem Leben passiert ist.*

Und was deinen Vater betrifft, so war es reine Leidenschaft, die uns verband und keinesfalls Liebe. Zumindest aus seiner Sicht. Ich war viel zu jung, um den Unterschied zwischen Begehren und Liebe zu erkennen."

„*Warum hast du dich nie mehr verliebt?*", fragte Zoe.

„*Ich weiß es nicht*", antwortete Célestine. „*Vielleicht aus Angst vor einer neuen Enttäuschung, vielleicht auch, weil mir der Richtige nicht begegnet ist.*"

„*Bereust du es?*", fragte Zoe.

Célestine hielt an. Es dauerte eine Weile, bevor sie antwortete:

„Ich habe bisher noch nicht darüber nachgedacht. Aber nein; ich bereue es nicht. Mein Leben ist gut so, wie es ist. Ich habe dich, unseren kleinen Sonnenschein und ich habe Julien. Mehr brauche ich nicht. Schade nur, dass Claire nicht mehr unter uns ist…"

Die beiden Frauen gingen weiter, eingehüllt in ihr Schweigen.

Es war eine gute Woche vergangen, als Julien zu Célestine sagte, er wolle zurück nach Paris. Sie könne natürlich bei Zoe und ihrem Enkel bleiben.

„Das mache ich auf gar keinen Fall", antwortete Célestine, *„ich komme natürlich mit."*

Julien, der diese Antwort erhofft hatte, war sichtlich erleichtert. Er hatte große Angst allein sein zu müssen. In der Gesellschaft von Célestine ging es ihm einfach besser.

Célestine wiederum war aufgefallen, dass eine große Unsicherheit in Julien steckte. Das beunruhigte sie. Julien vermisste Clair sehr, das war unübersehbar.

Als Célestine sich von Zoe verabschiedete, erklärte sie ihr, warum sie Julien nach Paris begleiten wollte, und Zoe verstand die Beweggründe ihrer Mutter.

„Pass gut auf Großpapa auf, damit er keine Dummheiten macht. Und melde dich regelmäßig. Ich werde euch immer wieder Bilder von unserem kleinen Liebling schicken."

*****

Célestine hatte ihre Tätigkeit als Concierge aufgeben. Sie war in das Zimmer von Zoe gezogen, nachdem Julien sie darum gebeten hatte.

Sie kümmerte sich um das Essen, die Wäsche und um den Haushalt, und sie bekam dafür den gleichen Lohn, den sie zuvor als Concierge erhalten hatte.

Am Anfang war Célestine nicht sehr davon begeistert, dass sie ihre Arbeit als Concierge aufgeben sollte, um künftig ihren Lohn als Haushaltshilfe zu verdienen.

Es fühlte sich an, als wäre sie wieder eine fremde Person und keine Familienangehörige mehr. Sie hatte sich von Julien Bedenkzeit erbeten.

Erst ein längeres Telefongespräch mit Zoe vermochten ihre Bedenken zwar nicht ganz auszuräumen, aber wenigstens etwas zu mindern.

Die Abende verliefen sehr unterschiedlich. War es einmal ein gemeinsam verbrachter Abend vor dem Fernsehgerät, war es das andere Mal ein Besuch in einem Restaurant oder jeder beschäftigte sich mit sich selbst.

Julien flüchtete sich jetzt öfter in ein Buch, hingegen die Unterhaltungen bei einem Glas Wein wurden immer weniger. Über Claire wurde überhaupt nicht gesprochen.

Wie sehr Julien sie vermisste, äußerte sich in der Nacht, wenn er im Schlaf laut ihren Namen rief oder wenn Célestine ihn weinen hörte.

Julien war in seinem Leben stets darauf bedacht auf sein Gewicht zu achten und hatte dadurch eine tadellose Figur. Und obwohl er nie dick war, verlor er ständig an Gewicht.

Egal, was Célestine kochte, Julien aß nur wenig davon. Dafür sprach er vermehrt dem Alkohol zu. Célestine hatte überlegt ihn darauf anzusprechen, tat es dann aber nicht.

*****

„Ich möchte dich bitten mich heute zu begleiten", sagte Julien beim Frühstück.

„Und was werden wir unternehmen?", fragte Célestine freudig, denn es war schon eine ganze Weile her, dass sie außer Haus gegangen waren.

„Wir machen einen Sprung zum Notar und danach besuchen wir meinen Freund Clément im Maison d`Or, der uns etwas Feines kochen wird."

Diese Worte lösten bei Célestine gespaltene Gefühle aus. Zum einen freute sie sich, dass Julien scheinbar wieder Lust auf ein gutes Essen verspürte; aber zum anderen fragte sie sich, welchem Zweck der Besuch beim Notar wohl diente.

„Das klingt gut", sagte Clémentine, *„ich freue mich darauf."*

Als sie jedoch vor dem Notar saßen, drohten sie die Ereignisse zu erschlagen. Der Maître hatte Dokumente vorbereitet, die er jetzt, nachdem er die Identität von Céles-tine ordentlich überprüft hatte, zur Kenntnisnahme brachte.

„Verehrte Madame Bonnet, der Herr Professor Moreau hat folgendes verfügt:

1.	*Das Haus mit der Nummer 144, in der Rue Barberousse, bisheriger Eigentümer Professor Julien Moreau, wohnhaft ebenda, geht mit sofortiger Wirkung in den Besitz von Madame Célestine Bonnet, ebenfalls unter der gleichen Wohnadresse gemeldet, über.*

2.	*Bei der Banque Nationale de Paris wird ein Konto auf den Namen Jean-Luc Bonnet eingerichtet, welches bis zu dessen Volljährigkeit mündelsicher angelegt wird.*

3.	*Von derselben Bank wird ein Aktienpaket verwaltet, welches nach dem Ableben des Professor Julien Moreau zu gleichen Teilen an Madame Célestine Bonnet und Mademoiselle Zoe Bonnet geht.*

4.	*Eine noch bestehende Schuld des Monsieur Philippe Rimbaud, wohnhaft in Carry-le-Rouet, Rue Jolie, Nummer 37, erlischt mit dem Tod des Darlehensgebers, Professor Julien Moreau.*

5.	*Der Mercedes-Benz 280 SE geht nach dem Ableben von Professor Julien Moreau in den Besitz von Monsieur Philippe Rimbaud über.*

6.	*Das noch vorhandene Barvermögen und der Schmuck, das Inventar, sowie das nicht fest angelegte Vermögen auf der Bank gehen ebenfalls, nach dem Ableben des Professor Julien Moreau in den Besitz von Madame Célestine Bonnet über.*

Célestine saß die ganze Zeit über regungslos vor dem Notar und starrte ihn ungläubig an.

„Haben Sie das alles verstanden, Madame Bonnet? Wenn nicht, dann lese ich es Ihnen gern noch einmal vor."

Der Maître schaute erwartungsvoll in das Gesicht von Célestine, aus dem jegliche Farbe gewichen war.

„Warum hast du das getan?", fragte sie plötzlich Julien, dem sie sich ruckartig zugewandt hatte.

„Was meinst du, Célestine?", fragte Julien.

„Mich – nein, uns alle belogen", antwortete Célestine.

Julien rang nach einer Antwort. Diese Reaktion von Célestine hatte er nicht erwartet.

„Ich habe dich nicht belogen", sagte Julien um eine Rechtfertigung bemüht.

„Doch", antwortete Célestine, das hast du, *„und das tut mir weh."*

Sie stand auf und verließ abrupt den Raum.

Julien war ebenfalls aufgestanden und folgte Célestine.

„Bitte, bleib stehen, Célestine", rief er ihr nach, *„ich möchte dir das erklären."*

Célestine blieb stehen. Als Julien bei ihr angelangt war, sagte er:

„Lass uns in den Park gehen und in Ruhe darüber reden."

Sie setzten sich auf eine der Bänke im Park, und Julien begann mit dem Versuch Célestine wieder gewogen zu machen.

„Ich war mein ganzes Leben bemüht meinen Weg aufrecht und gerade zu gehen. Das brachte ein Stück weit wohl auch mein Beruf mit sich. Für mich gab es immer nur schwarz oder weiß.

Erst durch dich habe ich gelernt, dass es auch Zwischentöne gibt, und dass man seinen Weg nicht immer stringent beschreiten kann. Dafür bin ich dir sehr dankbar.

Leider sind das Richtige wollen und das Richtige tun nicht immer deckungsgleich. Und eine gute Absicht muss nicht zwingend zu einem guten Ergebnis führen.

Solange Claire an meiner Seite war, hatte ich ein gewisses Regulativ. Sie hat mir immer wieder einmal die Scheuklappen von den Augen genommen.

Sie hätte mich sicher auch vor dem Fehler bewahrt, Zoe nicht gleich von dem Ableben ihrer geliebten Großmama zu informieren.“

Célestine hörte aufmerksam zu. Es überraschte sie, dass Julien sich in Selbsterkenntnis übte, war er doch für sie bis zu diesem Zeitpunkt der Unfehlbare und der über allem Stehende.

„Claire hat mich immer wieder dazu gedrängt dir und Zoe zu sagen, dass das Haus mir gehört, und dass ich über ein beträchtliches Vermögen verfüge“, fuhr Julien fort, *„aber ich hielt das für falsch. Jetzt weiß ich, dass sie recht hatte.“*

Julien war am Ende seiner Beichte angelangt. Er sah Célestine erwartungsvoll an. Célestine spürte, dass ihm das nicht leichtgefallen war, und fast empfand sie ein wenig Mitleid mit Julien.

„Kannst du mir verzeihen?", drang Julien in Célestines Gedanken.

Als Célestine das hörte und sich dabei in Juliens flehentlichem Blick verfing, kamen ihr die Tränen. Sie umarmte Julien und sagte:

„Da gibt es nichts zu verzeihen, du Lieber. Es tut mir leid, dass ich vorhin so heftig reagiert habe."

Als sie Julien noch immer umarmt hielt, wurde sie von einem Gefühl ergriffen, für das sie sich noch im selben Augenblick ein wenig schämte.

„Dann können wir jetzt wieder zum Notar gehen und die Geschichte zu Ende bringen?", brach Julien in Célestines Gedanken ein.

„Ja", antwortete Célestine erleichtert, und nach einer guten Stunde war Célestine Besitzer eines mehrstöckigen Wohnhauses, mitten in Paris.

Der ereignisreiche Tag fand seinen würdigen Abschluss im Maison d`Or bei Maître Clément, dem alten Freund von Julien.

*****

Julien hatte es Célestine freigestellt, ob sie Zoe von dem Besuch beim Notar berichten wolle, aber Célestine befand es für besser dies nicht zu tun.

„Ich bin mir nicht sicher, ob es gut wäre den jungen Menschen so zeitig Kenntnis über ein bevorstehendes Erbe zu vermitteln", sagte Célestine, *„denn ich weiß nicht, ob sie damit sinnvoll umgehen würden. "*

Julien schloss sich der Meinung von Célestine an, die noch nachsetzte:

„Außerdem gehe ich davon aus, dass du mir und den Kindern noch lange erhalten bleiben wirst. "

Julien lächelte. Ein Gefühl, alles richtig gemacht zu haben, erfasste ihn und es tat ihm gut.

Es schien, als habe er wieder Freude am Leben gefunden. Die Tage waren ausgefüllt mit gemeinsamen Unternehmungen, und eine Reise in die Provence war ebenfalls schon geplant.

So hoffnungsfroh die Tage waren, so angsterfüllt waren die Nächte für Célestine. Der Schlaf von Julien war durchzogen von heftigen Albträumen. Immer wieder hörte Célestine Julien laut nach Claire rufen.

Es war wieder eine solche Nacht, als Célestine in das Schlafzimmer zu Julien ging. Sie hielt es einfach nicht mehr aus. Sie rüttelte Julien sanft an der Schulter und rief seinen Namen.

Julien schreckte auf. Sein Gesicht war blass und schweißgebadet.

„Was ist passiert? ", fragte er sichtlich verwirrt.

„Du hast nur schlecht geträumt", antwortete Célestine. *„Möchtest du, dass ich mich eine wenig zu dir lege?"*

Julien nickte und sagte:

„Ich vermisse es so, dass jemand, den ich liebe, und der mich liebt, neben mir liegt. Ich vermisse Claire, ich vermisse ihre Wärme…"

Célestine legte sich zu Julien und nahm ihn in den Arm. Schon bald hörte sie an seinen regelmäßigen Atemzügen, wie Ruhe in seinen Körper eindrang.

Nach einer Weile wurde sie plötzlich von einem starken Gefühl erfasst. Sie fühlte sich von Julien begehrt, ohne jedoch, dass dieser ihr irgendwelche Avancen gemacht hatte.

Und wie von selbst kamen ihr die Worte über die Lippen:

„Möchtest du, dass wir miteinander schlafen?"

Julien wandte sich Célestine zu und schaute sie mit einem Lächeln an, das man nur schwer beschreiben kann. Es war wie die untergehende Sonne, die ihre letzten Strahlen zeigt.

„Ich könnte mir nichts Wunderbareres vorstellen, als dich mit Leib und Seele zu lieben, du einzigartige Célestine", antwortete Julien, *„und es schmerzt mich sehr es nicht zu tun.*

Aber ich würde mich schlecht dabei fühlen, weil meine Liebe noch immer Claire gehört. Ich weiß jedoch, dass sie es gutheißen würde, und ich entschuldige mich bei dir, dass ich dich mit meinen Worten verletze."

„Das tust du nicht, du wunderbarer Mann", antwortete Célestine, *„aber lass mich dennoch die Nacht mit dir verbringen."*

„Ich danke dir, Célestine", sagte Julien, *„lass uns einander festhalten bis der neue Tag beginnt."*

Als das erste Tageslicht durch die Fenster drang, stieg Célestine leise aus dem Bett. Julien schien noch fest zu schlafen.

Célestine ging in die Küche, um das Frühstück zu bereiten.

„Guten Morgen, Julien", sagte Célestine mit fröhlicher Stimme, *„ich habe Frühstück für uns gemacht."*

Als Julien nicht darauf reagierte, stellte sie das Tablett ab und trat ans Bett. Sie sah in das lächelnde Gesicht eines Menschen, dessen Körper noch vor ihr lag, aber dessen Seele schon auf dem Weg in eine andere Welt war.

Célestine musste daran denken, wie sehr sich Julien in der vergangenen Nacht geliebt und geborgen bei ihr gefühlt hatte und wohl auch ein wenig begehrt.

Und es berührte sie, dass er der Liebe seines Lebens bis in den Tod hinein treu geblieben war, und sie wünschte ihm eine gute Reise zu seiner geliebten Claire.

*****

Célestine hatte Zoe über das Ableben ihres Großpapas informiert, und Zoe war zur Einäscherung gekommen. Was die näheren Begleitumstände des Todes betraf, so sollte es Célestines Geheimnis bleiben.

Nach der Bestattung von Julien zog Célestine zu ihrer Tochter in die Provence. Das Haus Nummer 144 in der Rue Barberousse vermietete sie, und so verfügte sie über ein ansehnliches Einkommen.

Philippe betrieb mit großer Freude seine Werkstatt, die schon bald über einen beträchtlichen Kundenstamm verfügte. Den Mercedes-Benz 280 SE pflegte und hegte er nach wie vor mit großer Hingabe.

Zoe kümmerte sich um die Büroarbeiten, und Großmama Célestine war für das Wohl ihres kleinen Lieblings Jean-Luc verantwortlich.

Das Wirtschaftsgebäude neben der ehemaligen Scheune wurde zu einem kleinen Wohnhaus umgebaut, in welches die Eltern von Philippe übersiedelten.

Am 13. Juli im darauffolgenden Jahr wurde ein Mädchen geboren. Es wurde auf den Namen Claire Juliette getauft, in Erinnerung an zwei wunderbare Menschen, welche das Leben von drei Menschen verändert und geprägt haben.

*****